柴米青春

堤译萱 著
花猫大哥 绘

北京燕山出版社
BEIJING YANSHAN PRESS

图书在版编目（CIP）数据

柴米青春 / 花猫大哥，堤译萱著. -- 北京 : 北京燕山出版社，2015.11
ISBN 978-7-5402-3988-6

Ⅰ. ①柴… Ⅱ. ①花… ②堤… Ⅲ. ①诗集－中国－当代 Ⅳ. ①I227

中国版本图书馆CIP数据核字(2015)第256360号

柴米青春

作　　者　花猫大哥　堤译萱
责任编辑　常思薇　王月佳
责任校对　岳　欣　谭紫实
封面设计　杨国相
社　　址　北京市西城区陶然亭路53号（100054）
网　　址　http://www.bjyspress.com/
微　　博　http://e.weibo.com/u/2526206071
电　　话　010-65240430
传　　真　010-63587071
印　　刷　北京华忠兴业印刷有限公司
开　　本　880×1230　1/32
字　　数　153千字
印　　张　7.875
版　　次　2015年11月第1版
印　　次　2015年11月第1次印刷
定　　价　26.00元
出版发行　北京燕山出版社 BEIJING YANSHAN PRESS

序言

青春关乎理想，柴米代表生活

青春是生活的前奏，是生活之书的扉页。青春序曲落幕后，生活的大幕才被拉开。

每个人都对青春怀有美好的记忆，因为我们在那时有着最初的清新感受。我们肆无忌惮地欢笑，也无所顾忌地哭泣。所有的感受都那么鲜活，那么真切，就像婴儿的皮肤一样娇嫩。

那时，我们还都有梦，对这个世界怀抱热望，尽管它给我们凌厉的痛楚，我们仍然爱它。我们抱怨生活的种种不如意，叹息理想与现实之间的巨大沟堑，对光怪陆离的现实社会深感绝望，但我们依然热爱生活。

年轻时候的绝望也是一种希望。那时的绝望并非是对生活心灰意懒，而是由于怀抱了太多热望的缘故。我们不谙世事，未解人情，幻想凭借一腔热血，便可在生活的疆域纵情驰骋。我们大胆而谨慎地以理想之矛试探生活之盾，并且一厢情愿地以为手持坚矛便可昂然穿越生活的铜墙铁壁。

我们屡次碰壁，再三受伤，却依然乐此不疲。因为我们年轻，年轻就是永不妥协，永不放弃自己的主张，永远忠于自己的热望。

这是我和朋友合著的一本书。之所以取名为《柴米青春》，是因为青春关乎理想，而柴米代表生活。我们一直在理想和现实间摇摆，每当我们趋近一端，总能听到另一端的沉默呼唤。于是，我们游移踟蹰，始终逡巡在路上。

这是一本大杂烩，内容涵盖了诗歌、随笔和小说。如果将生活比作天空的话，那么诗歌更像是星月，随笔则是云翳，小说则是风雨。单一的体裁不足以淋漓展现生活的幽微博大，只有多角度、全方位描画，方能洞见生活的全貌。

我们没有斐然的文采，也没有高深的思想，但我们有一颗真诚的心。所有的文字，不管是粗陋也好，浮浅也罢，都是我们用心所写。尼采说："所有文字，我只爱以血写就者。"而青春这件衣服，则是以鲜血、眼泪和欢笑共同织就。

一滴水里包含着大海的全部意义。每个人的经历和想法千差万别，但每个人的青春却大同小异：关乎理想，关乎爱情，关乎现实。个人的感受是时代的缩影。所以，从某种程度上讲：我们书写的，不只是我们的青春，也是你们的记忆；我们记录的，不只是我们自己，也是这个时代。

花猫大哥

2015 年 6 月 9 日 写于北京

目录

诗歌

纯情篇

抒情篇

随笔

诗歌

纯情篇

喜欢你，但绝不告诉你

文 / 花猫大哥

喜欢你，但绝不告诉你
像孩子守着自己的秘密
我装作对你毫不在意
尽管，你已经让我意乱情迷

喜欢你，但绝不告诉你
像孩子把秘密藏在心里
这无关乎胆怯或是勇气
只是，我不想破坏这美好的情愫

不是所有的事情都要追求一个结果
不是所有的人都要走进我们的生活
我对你无欲无求
偶尔想起，便已足够

你已经让我意乱情迷
我却装作对你毫不在意
像孩子守着自己的秘密
喜欢你，但绝不告诉你

无言的搭讪

文 / 花猫大哥

她静静地站在那里，盯着车窗外出神
恬静的神情，像耳畔吹过的清风
我盯着她看了很久
她恬静的神情，像耳畔吹过的清风

她环顾车厢，看有无空余的座位
发现我正凝神注视着她
她冲我淡然一笑，然后转头望向别处
我已经盯着她看了很久
她淡雅的神情，像黎明吹过的清风

我俩在同一站下的车
那时，我已坐过了许多站
我无声地点起一支烟
看她的背影渐行渐远
我已经坐过了许多站
只为看她的背影渐行渐远

她忽然停下，转身望向我，笑容清甜
那时我依然站在原地，烟还没有抽完
我已经坐过了许多站，只为看她走远
如今她站在我面前，笑容清甜

一见难忘

文 / 花猫大哥

许多年之前，你我尚未相识
那时的你在哪里，有着怎样的际遇
仿佛一朵鲜花绽放在我的生命里
朴素淡雅芬芳美丽，让我心醉神迷

或许你我只是路过彼此，然后分离
从此再无对方的消息
可是，亲爱的姑娘啊，让我轻轻告诉你
有些东西并不会跟随时间流逝
一见难忘，我愿终生铭记

多年之后，你我如果再次相见
那时的你是否会有太多的改变
昏昏灯火，草草杯盘
酩酊醉语中，让我们笑谈似水流年

年少往事

文 / 花猫大哥

四月的微风吹过平静的湖面
你和那个女孩荡舟湖心
快点亲吻她那娇羞脸庞
然后她就会成为你的爱人

五月的夜雨飘过寂静的街道
你和那个女孩漫步街角
快点牵起她那纤纤玉手
然后她就会成为你的爱人

六月的夕阳懒懒地洒进窗棂
你和那个女孩隔窗对望
快为她弹奏一曲动人歌谣
然后她就会成为你的爱人

七月的流星划过沉沉夜幕
你和那个女孩坐在操场
快许个愿说你和她此生不离
然后她就会成为你的爱人

漂亮姑娘

文 / 花猫大哥

我漫不经心地翻看着今天的报纸
里面没什么新鲜的东西
有个姑娘经过我身旁，带着浅浅的笑意
空中弥漫着淡淡的香气
在这个深秋的黄昏
有个姑娘经过我身旁，带着浅浅的笑意

我盯着她的背影凝望许久，陷入沉思
她从哪里来，有着怎样的故事
报纸被风吹落一地，我却毫不在意
我抽着烟，猜想她有着怎样的故事

街上人来人往，去向不同的地方
我乘坐的公交车来了一辆又一辆
我依然停在站牌旁——
猜想她的欢喜忧伤
我乘坐的公交车来了一辆又一辆
我依然停在站牌旁——
回味她的笑容淡雅悠长

想要写封信给你

文 / 花猫大哥

想要写封信给你
信纸就在抽屉里
拿出来，又放回去
不知该写些什么东西

总觉得有很多话要对你说
可是却又不知道该说什么
也罢，就这样吧
且让所有的言语——
化为悠长的沉默

总想写封信给你
却又不知写些什么东西
信纸就在抽屉里
拿出来，却又被我放回去

一个高中男生的情愫

文 / 花猫大哥

怎么这么好看，怎么这么好看？！
像滚屏一般，这句话在我脑中反复出现
老师讲了什么，我完全没听进去
我已经盯着她的背影看了很长时间

除了别致，也许没有什么词语可以更好地形容她
她有花之芬芳、月之皎洁、水之纯净、玉之无瑕
她身上有种无法言说的气质
我不知道那是什么，却为之意乱情迷

我望着她，陷入无边无际的遐想
我幻想着牵起她的手，与她漫步操场
看她笑语盈盈，头发在晚风中轻轻飞扬
任那如水月色，温柔地倾泻在我们身上

她并不知道我对她的一片情意
在她面前，我总是紧张得像个犯错的孩子
我曾在纸上写满她的名字
却又偷偷撕掉，害怕别人知道

要不要向她表白心迹
我一时没有主意
老师和父母都说早恋影响学习

恋爱的事，应该上大学以后再考虑
可我想起之前看过的一句诗：
“早晨的鸟叫，放在中午再听
便没什么意思了”

早晨的鸟叫，放在中午再听
便没什么意思了
我盯着她的身影，想着这句话，沉思良久
要不要向她表白心意
我依然没有打定主意

你跟我妹妹很像

文 / 花猫大哥

你跟我妹妹很像
像她的温柔善良，纯洁端庄
你跟我妹妹很像
笑容总那么意味深长

你跟我妹妹很像
心里有浓得化不开的忧伤
却从不对人讲
在内心深处悄悄掩藏

你跟我妹妹很像
像她的孩子气，她的倔强
决定好的事，谁也无法阻挡
哪怕前面是厚厚的墙

你跟我妹妹很像
喜欢一个人发呆冥想
偶尔想想逝去的年华
却并不感伤

你跟我妹妹很像
从不去想未来怎样
只是趁年轻尽情歌唱

瑶瑶

文 / 花猫大哥

喜欢看你笑容飞扬
仿佛心里没有忧伤
喜欢看你长发被风吹起
我们是拒绝长大的孩子

你的忧伤燃烧在夜里
像花儿开落在春风里
瑶瑶，多希望你没有隐忧
我们都渴望真正的悲喜

总有一天，你将找到真正的自己
那时，你将对所有事情毫不在意
总有一天，你将离开这个城市
你将离开我，回到故里

瑶瑶，跟我说说你的心事
我们都是喜欢做梦的孩子
瑶瑶，跟我说说你自己
你的话里有我的往昔

不要说我离你很远

文 / 花猫大哥

不要说我离你很远
远的是距离，近的是心灵
你的思想中有我的影子
我的行为中也有你的存在

不要说我离你很远
远的是距离，近的是心灵
你的忧思中有我的影子
我的沉默中也有你的存在

不要说我离你很远
远的是距离，近的是心灵
你的笑容中有我的影子
我的冥想中也有你的存在

我的心里吹进一阵风

文 / 花猫大哥

当你经过我身旁的时候
我的心里就吹进一阵风
柔柔软软，变得很轻盈
没有喝酒，却已酩酊

当你看我的时候
我的心里就吹进一阵风
心弦被莫名地撩动
却躲闪不去看你的眼睛

当想你的时候
我的心里就吹进一阵风
你的楚楚浅笑
让我所有忧郁都没了影踪

当看到你的时候
我的心里就吹进一阵风
层层涟漪在心里回荡开来
让我久久难以平静

如果有来生

文 / 堤译萱

如果有来生
我希望我们换种方式相遇
时间也不要在哭泣的雨季

如果有来生
我们一定要牵牢彼此的手
茫茫人海中谁也不许走丢

如果有来生
我们要远离城市的喧嚣
住到一个无人打搅的地方

如果有来生
我们一定要每天都在一起
一起看日出日落云卷云舒

如果有来生
我还想听你对我说我爱你
我像猫咪一样伏在你怀里

把你的名字写进我的诗里

文 / 堤译萱

如果早些遇见你
人生会是什么样子
如果晚些遇见你
生活会变成什么样子
如果没有遇见你
我又会是什么样子

遇，或是不遇
早遇，或是晚遇
都不是你我所能左右的
一切皆在天意
幸好，命中注定的　不是在冷漠的人群中
彼此擦肩而过
庆幸的是
我的秋天在阳光明媚的春天里
暖暖地遇见你　我才知道你的名字

命中注定的遇见
是流年里最温暖的阳光
不小心，暖了我整个秋天
若你我的遇见

只是成全生命中某一种记忆的记载

那么 我就把你的名字

行云流水进

我的诗里

抒情篇

夜宿山郊

文 / 花猫大哥

静静的山林已沉睡
月光皎皎，夜凉如水
有个姑娘依然在林间徘徊
不知心里正念着谁

一觉醒来已是三更
柔柔月色，泻满廊庭
那个姑娘早已不见了踪影
只有松涛阵阵 月白风清

有个姑娘曾在山林间徘徊
如今她已不见踪影
那时月光皎皎，夜凉如水
静静的山林已沉睡

我们去郊外

文 / 花猫大哥

带上轻松的心情，我们去郊外走一走
看麦田青葱，苍山巍立，绿水长流
若口渴，便敲开老乡家门，要一碗酒
不要问我是谁，我只是过客，偶尔在此停留

话没有说完，就不要再说了吧
人生就是一句来不及说完的话
酒没有喝完，就带在身边吧
人生旅途，我们稍憩片刻，又要再次出发

带上愉悦的心情，我们去郊外转一转
看松涛阵阵，杨柳拂风，乳燕呢喃
若疲惫，便坐在田间地垄，看云聚云散
不要问我从哪来，我只是过客，偶尔路过人间

歌没有唱完，就留在心底吧
人生就是一首唱不完的歌曲啊
酒没有喝完，就带在身边吧
人生旅途，我们稍憩片刻，又要行走天涯

德州火车站

文 / 花猫大哥

我在一个细雨飘洒的黄昏抵达德州车站
走出车厢我看到一对情侣在站台依别
男孩要坐火车去北京
只是他的车次还没到来
我掏出一支烟点上注视着他们
我刚从北京回到德州

男孩对女孩说
北京机会多，他会实现自己的梦想
不远处，一个刚从北京回来的旅人
默默注视着他们

男孩的车次缓缓驶入站台
他们拥抱接吻然后惜别
火车渐渐驶离站台
我看到女孩的眼角挂着泪珠
她的心上人已经离开她的身旁
期待在那个城市实现自己的梦想

我跟随女孩进入地下通道
我刚从北京回来
在这个细雨飘洒的黄昏
我从北京回到故乡

我买了一盒泰山牌的香烟
还买了一份《齐鲁晚报》
我买了几只德州扒鸡
还要了几瓶克代尔啤酒
一个男孩已经踏上北京的旅途
在这个细雨飘洒的黄昏
我刚刚回到故乡

月下姑娘

文 / 花猫大哥

月亮静静挂在村庄上方
云彩轻轻依傍它身旁
风儿悄悄吹过月亮
也吹过月下寂静的村庄

寂静的村庄已沉睡
谁家的姑娘依然在游荡
夜已三更，月转庭廊
谁家的姑娘依然在游荡

树叶随风轻摆，不声不响
她神情如水，却眼露忧伤
夜已三更，她依然在院里徘徊游荡
她的心上人已远走他乡

四季

文 / 花猫大哥

我在春天遇见你
满园的花儿开落一地
你就是那最美的一枝
淡雅芬芳，让我着迷

我在夏天爱上你
看你长裙在晚风中悠然飘起
我自诩文学青年
你却是我永远无法写就的诗篇

我在秋天离开你
秋风秋雨，飘荡在夜里
亲爱的，不要为我哭泣
毕竟我们在最美好的年华，遇见彼此

我在冬天想念你
片片雪花像你的柔情蜜语
年少轻狂，不懂珍惜
而今回望，唯剩烟雨凄迷

我在春天重逢你

满园的花儿开落一地

我说你是那最美的一枝

你微笑着看着我，却沉默不语

如果有来生

文 / 花猫大哥

如果有来生，要做一阵风
不为任何人停留，来去无踪
我在繁华喧嚣的城市歇脚
也在破败荒凉的乡村驻足
我路过失意潦倒的人们
为他们抹去脸上的忧伤
我路过意气风发的人们
为他们洗去自负和骄矜
我不会怀揣浓烈的热望
对所有的东西都是这样
因为，我是一阵风
一切都只是擦肩而过

如果有来生，要做一片海
包容得下所有的清溪和浊流
任你万瓢取饮，任它百溪注入
我自沉默无声，不亏不盈
我与朝阳相恋
笑看它清晨跳出我的怀抱，黄昏时再次归来
我与白云为友
却从不接近，只愿终生守望
我愿用心聆听失意者的心声
并用悠长的沉默告诉他们人世的多舛善变

人世间的悲欢荣辱，我已习常见惯
得意失意皆是虚幻，转眼尽成云烟
让世界自己说话
我已去除自己所有的主观想法
因为，我是一片海
包容得下所有的清溪和浊流

如果有来生，要做一抔土
白天享受阳光的抚摸
任蚯蚓在我怀里自在蠕动
夜晚怀抱着小花酣眠
听蟋蟀在我耳边浅吟低歌
我不喜欢秋冬
那时，所有的小花都已睡去
鸟儿也飞向了南方
我百无聊赖，日夜对着枯树寒枝
听风声吹出它所有的心事
我喜欢秋冬
那时，很多小家伙们都已冬眠
它们沉沉睡在我的怀里，神情安详
望着它们，我很快进入了梦乡
我梦见春天到来，小花重新绽放在我的怀里
含羞娇艳，款款含情
她对我说起这个冬天做的美梦
我淡淡笑着，用心聆听

希望

文 / 花猫大哥

希望是——
春日午后的一抹暖阳
是含苞待放的小花
是孩子肆无忌惮的笑声
是老人脸上恬静的神情
是你望着我不说话时的样子
是你的轻浅笑意，楚楚柔情
是你轻翻书页时抖落的沉思
是我想你时心里的悸动
是你说爱我时娇羞的样子
是我抱紧你时剧烈的心跳声
是夜色洒落的淡淡月光
是吹过天边行云的一阵晚风
是一首动人的歌，一场无声的雨
是沉睡在时光中的寂寞往昔
是深夜睡意香甜的城市
是寂寞成长却不孤独的乡间
是我做的一个长久的美梦
是梦中无忧的现实

遇见

文 / 堤译萱

如果我不跟着去那个陌生的地方
如果车子不是停在斜对你的位置
也许我就不会遇见你
在我认为你最美丽的时刻

我黑色的眼睛
越过半开的车窗
看到你在路的那边
安静地开放
一种无法阻挡的牵引
让我走近你

我对你的主人婆婆说
花儿开得真美，让我拍拍它吧
婆婆脸上的笑容
顿时绽放得如你一样美丽

因你如丝绸般的花瓣边缘
有着些许枯萎的痕迹
我以为你已进入衰老的年纪
可婆婆傲娇地对我说
这不是枯萎
是冬天的寒冷轻毁了它美丽的容颜

她还没开放到极致呢

不重要了
因为，遇见你
就是最美丽的时刻

早安，晨之美

文 / 堤译萱

残冬冷，未春暖
细雨悄悄停时
我已轻轻来此
心无杂念
陷入你
无与伦比的美丽

雾还浓，日未出
远山忽隐忽现
视线忽明忽暗
心若止水
融入你
恍如仙境的诗意

看过了，醉过了
轻轻说声再见
容我悄悄离开
心悦神怡
低语你
来时忘说的早安

怒放

文 / 堤译萱

转身 离开
花开 依然
流年似水
所谓的繁华哀伤
终将成过往
不道岁月苍凉
只说花开花香

整装 出发
继续 前行
去那有梦的地方
我的路途
从此不再苍老
在很以后的以后
在很远很远的地方
我都能看到
花的怒放

在路上

文 / 堤译萱

偶遇你
在那个没有阳光没有风的午后
在那条悠长而绵远的路旁
你着一身枯黄的衣衫
高冷地站着
你不是芦苇
可那时
我误以为你是芦苇
并欣喜地叫着芦苇芦苇
这就是芦苇

读你
在那个没有阳光没有风的午后
像是突感找到光明的出口
懂你
枯黄
是你倔强的颜色
告诉你
白色
则是我忍冬的坚毅
请相信
我们都已走在
通往春暖花开的路上

谁成了谁的景

文 / 堤译萱

撑把伞
挽起手
看景去

江堤岸边
卉木萋萋
细雨柔柔
听不到雨打伞的声音
为何?
地面微微湿
却与鞋底碰撞出春的音符
恰似
爱的伴奏
美妙

一路说笑
似淡却浓
没有誓言
没有承诺
缱绻的笑容
在初春的景里
荡漾着
幸福

究竟

谁成了谁的景

臆想

文 / 堤译萱

片刻空闲
给眼睛放个假
两层的玻璃外
阳光正灿烂

在明媚中寻找
那个久远的年代
以及行走在长满青苔的石板路上
如百合花一样的姑娘
当然还有，吹着笛子
俊美的少年
晴朗的天空下
谁在弹奏阳春白雪

玻璃之外，风很大
枝叶摇出夸张的弧度
用它的肢体愤怒地诉说着复杂的哀愁
在飘摇的旋律里
出现了梦中见过的桃园
那里正下着一场轰轰烈烈的桃花雨
还有一群牛羊追逐着跑过
歌声悠扬
悠扬

自由篇

雨夜访友

文 / 花猫大哥

雨夜，没有风
崎岖的山间小路，不打伞，独自前行
耳畔寂然无声，只有虫鸣
不是回家，只是访友
一个鹤发童颜的忘年之交
他住在深山竹林之中
忘记了世界，也被世界遗忘

我走了许久才找到那间茅草小屋
雨夜中，我静静点起一支烟
我的那个朋友就住在里面
雨水流落屋檐，动听而婉转
我的那个朋友就住在里面

他不知道我要来
我也没有告诉他
推门进入时，他正蜷缩在干草铺就的小床上
他鼾声如雷，看上去已经睡去
旁边摆放着几壶酒，有醉人的香气
他鼾声如雷，看上去已经醉去

我在他身边坐了很久
屋外的雨滴依然不紧不慢

他仍旧鼾声如雷，没有醒来的迹象
我蜷缩到屋角，准备睡去
我蜷缩到屋角，和衣睡去
我的朋友没有醒来的迹象

一觉醒来，雨已止歇
竹林间的空气清新怡人，有淡淡的凉风
乌云已经散去，新月初上
我的这个朋友依然没有醒来
他睡去的面容平静安详，如柔和的月光

我没有打扰他，就径直离去了
他不知道我要来，我也没有告诉他
朋友相见不一定非要聊点什么
他的神情已经透露了他想说的话语
我没有打扰他，就径直离去了
他的神情已经透露了想说的话语

游吟诗人（爱情篇）

文 / 花猫大哥

（一）男人版

这是山脚下一个古旧的村庄
我走了许久才到达这里
我坐在树下小憩，一袭单衣
不远处，一个姑娘从山上走来
她朴素淡雅，身着民族服饰
一瞬间，我想起很多往事

这些年，我走过许多地方
也见过不少姑娘
但没有一个像她这样
她像路边生长的小花
从不与群芳争艳
淡然开落中，却占尽风姿

半是搭讪半是口渴，我向她要了一碗水
她站在我面前，静静地看我喝完
然后默默凝视我半晌，转向离去

她的凝望中有一种无形的力量
让我的心飞离身体，跟随她走远
一直以心如止水自诩的我
此刻却变得魂不守舍

曾经以为自己心如止水
此刻我却魂不守舍

我是一个游吟诗人，四海为家
这一刻，我却突然想停下流浪的步伐
我在尘世中飘零太久
这一刻，我想停下流浪的步伐

（二）女人版
我遇到过很多男人
但没有一个让我如此心动
我不知道他来自哪里
也不知道他要去向何方
冥冥之中仿佛是天意
他忽然出现在我们村庄里

他一袭单衣，胡子拉碴，眼神却清澈如水
大概是久历风尘，他脸上写满倦意
他身上有一种说不出道不明的东西
那种神秘的东西让我心醉神迷

见到他时，我刚从山上采茶回来
他坐在树下休息，沐浴在夕阳里
他望向我，眼神淡漠而又深情
从没有男人用那样的眼神看过我
一瞬间，我有些慌张

他叫住我，要了一碗水
我站在他面前，看他把水静静喝完
我凝视他好久方才离去
他勾起了我无限的少女心事

我遇到过很多男人
但没有一个让我如此心动
他忽然出现在我们村庄里
并勾起了我无限的少女心事

风一样的姑娘

文 / 花猫大哥

她抽烟又喝酒
却是个乐观开朗的姑娘
她没什么规划
心血来潮背起包就去流浪

她是个简单纯粹的人
没有那么多高深的思想
偶尔她也会感伤
但笑容却常挂脸上

没有男朋友
她不烦恼
一个人的生活也挺好
没有钱花
她不着急
有多少钱就做多少钱的事

她粗犷而细腻
倔强又温柔
假如你见到她呀
一定请她喝碗酒
假如你拿她当朋友呀
一定要请她喝碗酒

她大大咧咧，没心没肺
有时又心细如针
她随遇而安
有时也会较劲
她喜欢独处，也爱热闹
不随波逐流，也不故作清高
她有些天真，有些孩子气
偶尔也会耍耍小女生的脾气
她没有心机，直来直去
她一直在做真实的自己

像烟花一样绚烂
只求那美好的一瞬间
过去未来跟她有什么关系
她只求现在活得真实随意

如果见到她，代我问候她
说不定哪天，她又会浪迹天涯
如果见到她，代我问候她
说不定哪天，她又要再次出发

寻找翅膀的猫

文 / 花猫大哥

她是一只寻找翅膀的猫
她既想跑得远，又想飞得高
她不愿在温顺中度春秋
而选择在风暴中享自由

她不属于任何人
她只属于她自己
她来去自由，皆随己意
她毫不做作，坦荡真实

她喜欢走极端
要么大错，要么大对
她无法容忍中规中矩
觉得那是对生命的虚度

猫不仅能驰骋于荒漠，跋涉于险滩
还能翱翔于云雾，笑傲于苍鹰
她是一只寻找翅膀的猫
她会用一生的时间来证明

新国际歌

文 / 花猫大哥

只要是活着
一切就都有希望
即使到了最后
我们也绝不缴枪投降
阳光洒在我们的身上
映红了你我的胸膛
管它欢乐痛苦
都把我们滋养

不管发生什么
请记住这最后的信仰
我们是为改变而来
改变现在也改变着未来
改变着自己也改变着世界
没有人能够小觑我们
因为我们怀揣一颗不屈的灵魂
谁也不能忽视我们的力量
当他们看到你我坚毅的目光

太阳照在我们的脸上
映出我们坚毅的目光
只要是活着
一切都还有希望

春节致故友

文 / 花猫大哥

今天阳光很好，风也不大
不知为何，你今年没有回家
我问过你，你没有回答
其实过年也挺没劲的，主要是陪陪爸妈

你说现在丽江有绵绵细雨飘洒
你坐在院落里，几杯淡酒清茶
年后你有什么打算，是否依然浪迹天涯
我还是那样，对生活没有太多想法

雨涵和我偶有联络，不知你是否还关心她
她嫁了一个公务员，生活过得还算不错吧
去年夏天她生了宝宝，现在已有几颗小牙
你说你又谈了一个女朋友，不知何时成家

飘落北京时，记得来找我
我有时很苦闷，却找不到人诉说
少伯还和原来一样，喜欢醉酒
他看似洒脱，内心却有很多烦忧
有时我们喝酒时会说起你
却不知你正徘徊在哪个路口
有时我们喝酒时会说起你
却不知何时才能再次聚首

灵魂的旅行

文 / 堤译萱

无法带上眼睛
无法带上耳朵
无法带上身体
只放纵心单独去旅行的旅行
有人说
那叫灵魂的旅行

在灵魂旅行的旅途中
没有光明
没有声音
没有保护
因为
没带眼睛
没带耳朵
没带身体
在整个的旅途中
你只能让你裸露的心
在黑暗中感受光明
在无声中感受叫喊
在疼痛中感受情感

爱你在兵荒马乱

文 / 堤译萱

爱上你时
周围的世界变得兵荒马乱
噪声太大　时间仓促
那时来不及许诺
还好，没许下天荒地老

送你离开时
还好，不敢握你的手
就省了
遗忘你掌心的温度
爱你之时　因周围的世界兵荒马乱
我只来得及把你迷人的笑容
装进我的眼眸

在以为自己念念不忘你的日子里
其实早已将你遗忘
只因未静下心来问过自己
直至有一天，眸子告诉我
不知在何时　弄丢了住在我眼睛里的
你迷人的笑容
奇怪，听后心怎么不觉得痛

岁月静好
只记得在兵荒马乱的日子里

我有一场似恋非恋似深又浅的恋爱
记得在兵荒马乱的日子里恋爱
心想要传达的信号常常被阻断
爱在距离中制造出许多误会
一切，在记忆的书本里　都已成了
无声而甜美的画面

爱你在兵荒马乱
忘你在念念不忘的途中
再见　那一场兵荒马乱　和我
最初的玫瑰

迷惘篇

表弟的困惑

文 / 花猫大哥

单纯与傻，如何区分
善良与软弱，如何区分
固执和有主见，如何区分
理想与欲望，如何区分

淡泊与没有上进心，如何区分
成熟和没有个性，如何区分
率真和不会做人，如何区分
率性和没有责任感，如何区分

你端着酒杯，若有所思地望着我
期待能得到一个完美解答
你觉得我在社会上闯荡多年
能够给你一个完美解答

我与你碰杯，笑着说容我三思
我已经好久没有思考过这些问题
曾几何时，它们搞得我焦头烂额
如今我却不再寻求问题的答案
你的问题也是我的困惑
但我已不再寻求问题的答案

你已酩酊大醉，趴在桌子上沉沉睡去

我忽然想明白了其中的几个问题
我满怀兴奋，试着叫醒你：
“我想明白了其中的几个问题”
你却含糊不清地回问“什么问题”

看着醉酒沉睡的你，我点起一支烟，默默地想
清醒时问过的问题，醉酒时却被我们忘记
我想叫醒你，告诉你问题的答案
你清醒时问过的问题，醉酒时却被你忘记

我的心里有一千只鸟儿

文 / 花猫大哥

我的心里有一千只鸟儿
每只鸟儿都飞向不同的地方
我的心里有一千种声音
每种声音都有自己的主张
我的心里有一千种花朵
每朵花儿的颜色都不一样

我的心里有一千条道路
每条道路都通向远方
我站在十字路口徘徊游荡
哪一条才是我该去的方向
我站在十字路口徘徊游荡
一时找不到该去的方向

时间已过去很久，树叶绿了又黄
我依然站在十字路口，徘徊游荡
身边的人来来往往，去向不同的地方
我依然站在十字路口，迷了方向

我的心里有一千只鸟儿
每只鸟儿都飞向故乡
我的心里有一千种花朵
每朵花儿都绚烂芬芳

忍受自己

文 / 花猫大哥

我该怎么面对你
是靠近，还是远离
我该怎么面对自己
是正视，还是逃避
太多言语藏于心底
开口却成一声叹息
就这样吧，终有一天
我将学会忍受自己

没有什么会永远存在
没有谁会永远把你等待
过去的已成陈迹
现在的一切也将成为往事
总有一天你也会随风而逝
不会带走什么东西
也不会留下任何印迹

梦归何处

文 / 花猫大哥

你说你已忘记来时的路
你说你已忘记该去何处
想要什么，你还是不清楚
不知不觉中，你已变得麻木

你要我给你一碗酒
你说酒可以让你忘掉忧愁
你要我给你一个姑娘
你说姑娘可以让你忘记忧伤

你说你像一条狗
追逐着生活这根骨头
你说你像一只狼
死在追逐羊群的路上

空空的酒瓶堆满桌子
恰如你空荡荡的心
香烟在手中越燃越短
恰如你正消逝的青春

扶着烂醉的你走到门口
往来的人们，有人欢喜，有人忧愁
我想说些什么劝慰你

太多的话却消失在胸口

不知你为何会有如此多的愁苦
不知你为何会有如此深的孤独
我看到了你的眼睛
却看不到你的内心深处

回去的路上，我默默地想：
千年前的明月依然皎洁
千年前的人们却已不知何方
千年前的明月依然皎洁
千年前的功业却已不知何方

写给自己的歌

文 / 花猫大哥

高中之前写好作业傻吃疯玩没什么不快乐
高中好好学习天天向上以为将来有美好生活
大学毕业渐渐收起所有杂念只想有个好工作
几年过去也挣了点小钱却慢慢找不到自我

我走过很多路，也蹚过很多河
心里却有越来越多的烦恼和迷惑
每天都有太多的选择和诱惑
我却越来越不清楚自己想过什么样的生活

我现在喜欢喝点小酒，自斟自酌
也喜欢抽点儿小烟，听听老歌
我有一些想法，却不知向谁诉说
生活就是如此，没什么快不快乐

像

文 / 花猫大哥

像即将向心爱的姑娘表白
像被风吹起的阵阵黄沙
像日夜奔腾不息的江水
我这颗躁动不安的心

像清风轻轻吹过山岗
像白云悠然飘过故乡
像鸟儿枝头沐浴阳光
我这颗淡漠沉寂的心

像被人惊醒沉睡的美梦
像灵魂迷失在漫漫旅程
像风雨中摇摆的枯松
我这颗迷惘惶惑的心

农民

文 / 花猫大哥

春天我把种子埋进土里
秋天没有收获任何东西
到底哪里出了问题
望着光秃秃的土地，我陷入沉思

是种子坏掉了吗，是土壤不够肥沃吗
是我浇水不够吗，是我除草不勤吗
也许是，也许都不是
生活不可能推倒重来一次
我无法用排除法找到问题的答案
生活不可能推倒重来一次
我无法证明自己的判断

望着光秃秃的土地，我陷入沉思
到底哪里出了问题
秋天我没有收获任何东西
尽管春天我把种子埋进了土里

让我安静下来

文 / 花猫大哥

让我安静下来，不要有那么多思绪
让我看山是山，看水是水
让我心如平镜，物来留影，物去影消
让我只是自己，而不是别的什么

让我安静下来，让世界自己向我走来
让我看风是风，看雨是雨
让我心如止水，风来水动，风去水静
让我只是自己，而不是别的什么

不要把我跟任何东西联系在一起
所有的东西，跟我有什么关系
我从来不是别的什么，只是我自己
不要把我同任何人联系在一起
所有的人，跟我有什么关系
我从来不是别人，只是我自己

静静听完我说话，然后忘记它
所有的话语不过是一阵风
默默看我一眼，然后忘记我
我不过是飘过尘世的一阵风
不要试着把我寻觅
我有时自己都找不到自己

不要试着把我留在心里
我不过是漫漫荒漠中的沙砾

所有的人，所有的事
都不要在我心里久存
我的心里空空如也
却再也装不下任何东西
让我抛掉所有不属于我的一切
在这世界寂然行走
愿我抛掉所有不属于我的一切
在这世界悠然行走

为谁憔悴

文 / 堤译萱

站在微暖的阳光下
她问开了的花
我在为谁而憔悴
开了的花问站着的树
她在为谁而憔悴
站着的树问游动的云
她在为谁而憔悴
游动的云问站在微暖阳光下怅惘的女人
你在为谁而憔悴

站在湿冷的夜里
她问奔跑的风
我在为谁而憔悴
奔跑的风问亮着的灯
她在为谁而憔悴
亮着的灯问闪烁的星
她在为谁而憔悴
闪烁的星问站在湿冷夜里迷茫的女人
你在为谁而憔悴

是啊
为谁而憔悴
我在为谁而憔悴

究竟，我在为谁而憔悴?

我在为谁而憔悴?

为谁而憔悴?

女人喃喃自语着

撕下一片又一片的花瓣

真实中的梦

文 / 堤译萱

无人垂钓的鱼塘
水波荡漾

鱼塘边
一只母鸡跟着一只公鸡
飞上又蹿下，好几回
最后一齐站在
它们自家的
屋顶上
它们争吵又和好

鱼塘边
一群鸭子嘎嘎地叫
一起胆怯怯地
走向水边
又一起
小心翼翼地上来
然后
一起绕着鱼塘
摇摆
我听到了
鱼塘在笑

风轻轻地吹
枇杷树舞蹈
看景的我
不知不觉睡着了

醒来
只见母鸡单独站在屋顶上
撕心裂肺地叫
然后，蹿下
冲进屋里
最后
离家寻找

那群鸭子不见了
风停了
树歇了
鱼塘睡着了
世界，好像
一下子安静了

我听到了
自己的
心跳

在歌声中等你

文 / 堤译萱

临街的谁
你怎么了
为何一直在播放着
古老的歌曲
一首接一首
从日落到深夜

对面的我
从《懂你》听到《我是不是该安静地走开》
唯独没有听到
那首曾经最爱的《牵手》

歌曲可以重放
任你反反复复
只要你喜欢
而属于我们的那一段时光
纵然我万般渴望
却无法在现实中回放

今夜
我的心，又一次
在古老的歌声里
游荡

今夜，你在哪里？

我在歌声里

等你

孤独篇

游吟诗人（孤独篇）

文 / 花猫大哥

我走了许久才找到一座村庄
那时细雨正飘洒，天已昏黄
我在巷子里走了很久
只见破壁残墙，满目荒凉

我走过一间又一间上锁的房门
寻找着肯留我过夜的人们
有狗叫声隐隐传入耳畔
我环顾左右，发现一扇虚掩的木门

轻轻推门进入，问一句“有人吗？”
院子里寂然无声，无人作答
墙头的荒草在细雨微风中摇晃
我等待了许久，依然没有听到回答

我转身准备离去
却听到背后传来细微的声响
转身回望
见一个老大娘正站在门旁
她的神情平静安详，却饱含沧桑

我说我想在此逗留一晚
不知老人家是否方便

老人点了点头，喃喃说道：
“进来吧，孩子，我这里多的是房间”

我跟着老大娘走进房间
陈旧的老房子里飘来古旧的气息
一位老大爷正斜躺在床上抽着烟袋
昏暗的光线中，我看不清他的脸

老大娘忙着做饭
我坐在老大爷身边
看着他默默地抽烟
窗外的雨依然不紧不慢
点点滴滴，滑落屋檐

吃饭时，老大娘说起了自己的故事
她有两个儿子，如今都在遥远的城市
他们已经好久没有回到村里
她有两个儿子
如今他们已不再回到村里

老大娘说，乡村在一天天地凋敝
越来越多的年轻人离开这里
即使他们在遥远的城市混不下去
也绝对不会再回到这里

老大娘说话的时候，老大爷沉默不语
他举起酒盅，与我碰杯，一饮而尽

我俩喝了三斤白酒，直喝得我头脑晕沉
老大娘还在不紧不慢地诉说着她的故事
她有太多话要讲，之前却找不到人倾听
老大娘还在不紧不慢地诉说着那些往事
她有太深的孤独，之前却无人倾听

一觉醒来已是三更
雨已止歇，月光淡淡地照进窗棂
我忽然想起了故乡
那里藏着我的童年、我的过去
我在异乡漂泊太久
已经很久没有回到故乡
我在异乡漂泊太久
已经忘记了故乡的模样

听风者

文 / 花猫大哥

你是一个在荒原中的孤独听风者
鸟儿在你头顶低旋飞过
河边的芦苇随风摇曳
几座荒冢，墓碑上的名字已经斑驳

他们生前或许名震四方
死后却长眠此地被人遗忘
多少刀光剑影就此埋葬
多少密谋心机皆成过往

曾经这里繁华一时
如今却阒无人迹
你听到风声带来死者的叹息
风声在你的沉默中听到了你的心事

酒吧姑娘

文 / 花猫大哥

她的眼里写满了寂寞
她想找个人把心事说一说
她端着举杯环视酒吧的所有角落
发现正独自一人默默喝酒的我

她说她不再像孩子那样看世界
也不再像孩子那样憧憬未来
不再像孩子那样去爱
也不再像孩子那样谁都信赖

我喝了太多酒，已经大醉酩酊
无法对她的话语作出任何回应
她说一切如梦幻泡影，转瞬成空
我想说点什么，可是却意识模糊
我已大醉酩酊
无法对她的话语作出任何回应

她的眼里写满了困惑
她说这个世界让人难以琢磨
她不知道如何才能找到自我
也不知道如何才能让自己真正快乐

我喝了太多酒，已经大醉酩酊

无法对她的话语作出任何回应
她说一切如梦幻泡影，转瞬成空
我想说点什么，可是却归于沉默

小花

文 / 花猫大哥

一朵小花开在角落里
人们都没有留意
它带来了春天的消息
只是人们都没有留意

它淡淡地来，淡淡地去
它不求人们的注目
绽放只是它的使命
是它冬天夜里做的一个多彩的梦

它独自开放在荒草里
没有花色娇艳，没有芳香扑鼻
它只是一朵再普通不过的小花
却是春姑娘献给大地母亲的第一份礼物

百花盛开时，人们游走花丛
它却已经悄然离去
它带来了春天的消息
只是之前人们都没有留意

午夜思语

文 / 花猫大哥

凌晨三点我从梦中醒来推开小窗
柔和的月光水银般倾泻在我的床上
有多久没有静静地欣赏这样的月色
有多久没有这么凝视你熟睡的脸庞

总是在每个寂静的夜里清醒
总是在白日堕入沉沉的梦境
我的这些真实的虚幻的思绪
总像香烟的氤氲很快消失无踪

月儿在云中悄然穿行
它要去向何方，可有固定的方向
明天又是一个崭新的日子
有人欢喜期盼，有人度日如年

让我抱紧你并在你耳边轻轻说声爱你
在这个寂静的夜里你已如孩子般恬然睡去
窗外的月色水银般倾泻在你的身上
在这个寂静的夜里你已如孩子般恬然睡去

婴儿梦呓

文 / 花猫大哥

我来自一个遥远而神秘的国度
跋涉千里、方才抵达这里与你们相遇
不要问我为何哭泣
一路走来，我已经历太多风雨

我多想给你们讲一讲路上的故事
讲一讲独自游荡的孤单和惬意
可是，可是我们却无法读懂彼此
于是，我只能选择沉沉睡去

终有一天，我将读懂你们的思想
那个时候，我也变了模样
出生之前路上经历的那些故事啊
呵呵，终将被我彻底遗忘

一个留守儿童的自白

文 / 花猫大哥

家长会你们从没参加过
你们觉得有更重要的事情要做
我一个人上学，一个人回家
一个人看风景，一个人想心事

看到路旁的野花，我总会停下脚步，凝望半晌
它是否有爸爸妈妈，还是也像我一样、独自成长
淡淡地盛开，淡淡地衰败
没有人知道，也没有人在意

每当看到驶过的火车，我总在想
你们是否在里面，带着丰厚的礼物，渴望马上见到我？
我已不太记得你们的模样
我已习惯一个人独自成长

太阳已经落下去，夜幕昏沉
小伙伴们都被妈妈喊回家吃饭了
夜风如刀，拍在脸上生疼
我却依然在街上游荡，不愿回家
你们从没陪我一起玩耍过
你们总觉得有更重要的事情要做

我曾无数次走过那片田野

文 / 花猫大哥

我在清晨走过这片田野
时已初冬，田地里一片萧瑟
庄稼已经收完，只有荒草在蔓延
天地在远处交汇一处，灰蒙蒙的
几只麻雀蹦来蹦去，寻找着残剩的食粮
许多鸟儿已经飞向南方
它们却坚守在这里，像是守望故乡

我在深夜走过这片田野
周围一片寂静，只有自己的呼吸声
天空里星辰点点，像一双双眼睛
多少未眠者，像我一样，望向它们
像是找寻某种失去已久的力量
多少人，像我一样
在这个寂静的夜晚，仰望星河
像是找寻曾经的自己

回到家时，父母已经睡去
他们不知道我去田野转了一圈
我告诉他们我出去随便走走
却去田野转了一圈
我插好门，点起一支烟，望向天空
星河璀璨，月光如水，庭院无声

像是发呆，又像是思考

我在院子里坐了很长时间

已经初冬，冷风如刀，划过我的脸

我抽着烟，不觉间在院子里坐了很长时间

深夜咖啡馆

文 / 花猫大哥

不知不觉走到了楼下的咖啡馆
已是深夜，我刚加班回来
咖啡馆依然闪着微光
像那些仍未睡去的人们
我在门口抽了一支烟
突然想进去坐坐
我在门口抽了一支烟
决定进去坐坐

我要了杯咖啡
找了个靠窗的位置
对面坐着一个年轻的姑娘
她托着下巴
漫不经心地搅动着咖啡
一本书摊开在桌上
她的眼睛却望向窗外

月亮孤独地挂在天边
寂寂看着这个五彩斑斓的世间
街上偶有行人走过
却没有白日的行色匆匆
似乎都暗怀心事
想找人诉说，又怕被人知道

她依然沉浸在自己的世界里
桌上的书仍停留在初翻开的那页
她望着窗外，已出神良久
不在乎杯中的咖啡早已凉透

我想过去，陪她坐坐
可又不知道说些什么
你的心里承载了多少故事
为何深夜依然待在这里

喝完咖啡我就出了门
她还坐在那里发呆出神
我站在门口，点起一支烟
看飘渺的氤氲飘散风里
夜色已晚
依然有人没有睡去
我一边抽着烟
一边不经意地想
你的心里承载了多少故事
为何深夜仍旧不肯离去

多年后的故乡

文 / 花猫大哥

我在一个飘雪的冬日黄昏回到故乡
这里已没有人迹，满目荒凉
我攥着锈迹斑斑的钥匙打开房门
院子里还是多年前的模样

那些放肆生长的野草已经枯黄
曾经的红砖碧瓦，如今只剩断壁残墙
我在院子里站了很久
任雪花轻轻飘落在身上

轻轻推开屋门
桌椅上满是灰尘
蜘蛛网挂满了房梁
仿佛它们才是房间的主人

我坐在吱吱响的木板床上
打量着这熟悉而陌生的一切
这里有我儿时所有的记忆
如今它被湮没在时光里

多年前，人们纷纷离开这里
离开故乡，去向遥远的城市
老人们都已逝去

年轻人不肯再回到这里

我在村里走了很久
没有碰到一个人
只有一条野狗在觅寻食物
我在雪里坐了很久
没有碰到一个人
只有一条野狗在觅寻食物

它看到我，哈着热气跑过来
估计它已好久没看到人的踪影
它陪我在雪中坐了很久
它已很久没看到人的踪影

寂寞村庄

文 / 花猫大哥

这不紧不慢的风声
是天地的呼吸
就像你恬静安详的神情
沉睡在我怀里
每天有多少事情被想起
又有多少事情被忘记
我坐在这里
倾听你的浅淡寂寞，无声低语
你的话语未经我耳
却直接进入我心
不知何时会再次把你想念
不知何时你会再次走进我
与你一同老去的
是儿时所有的记忆
与我一同老去的
是对你的一往情深

等待黎明的柳树

文 / 堤译萱

是谁
是谁用鬼魅蓝罩住了你
是夜色吧
一定是妖媚惑众的夜色

该死的
它怎么可以又一次绑架你
不要哭泣
不可以哭泣
请听好
现在是深夜十二点
黎明马上来临

一周

文 / 堤译萱

星期一的早晨
推开窗，看见天在滴着泪，地在融化泪
她站在窗前傻傻道“早安！”
沉沦得没头没脑

星期二的早晨
熊猫眼，一整夜没睡好
她站在窗前继续思考
昨夜未破解的谜

星期三的中午
阿婆突然驾到，惊问瘦了脸色很黄是怎么了？
于是她靠着窗摸着脸心虚辩解
哪有瘦了是老了

星期四的早晨
把昨日的春天埋葬在今日的春天里
于是她站在窗前静默地祭奠
恰似春水静静地流

星期五的早晨
感冒还未好，想念羊绒衫的味道
于是她站在窗前看

一片树叶毕剥地穿过树干去痛吻另一片树叶

星期六的早晨
天未下雨，却莫名其妙地到处找那把粉红的伞，找不到
于是她站在窗前努力地回忆啊回忆
回忆到一切思绪都断了路

星期日的早晨
想起阿婆的惊讶，最近怎么瘦了脸色很黄
于是她站在窗前自己找自己谈话
脑袋还好吧！憔悴是为何

樱花知道的秘密

文 / 堤译萱

樱花树上
只剩葱郁的新绿的叶
那些上次我来时看到的
美丽的，用生命般绽放的
樱花
在我再次来到这里时
它已经凋落得很彻底

也许没有人听到它落地时的声音
也没有人看到它静卧在地上时
那种遗世独立的美丽
在人们的不注意中
它带着尘埃落定的安全感
消逝于下个季节还未来临前

站在樱花树前
我竟然一点也不觉得这是悲哀
反而觉得，这是一种解脱
我羡慕樱花自然的凋落

时间
一天比一天过得缓慢
人生

越来越觉得乏味漫长
可不可以让它们快进
可不可以
我希望属于我的黄昏
速速来临
老去，老去
然后，在漆黑而寂静的夜里
自然地死去
带着，只有樱花知道的
秘密
自然地死去

没有人知道我心里的秘密
因为，我是自然死去的
自然死去的
就像樱花凋落那样自然
那样静美
那样归于尘埃

忧伤篇

爱情往事

文 / 花猫大哥

不知不觉又来到这里
一切场景仍那么熟悉
想要再次见见你
没别的目的，只想寒暄几句

没有事先告诉你
不过那又有什么关系
我对你没别的目的
只想，再跟你寒暄几句

我在你的房门外站了很久
万千思绪，涌上心头
见到你我该如何开口？
想要敲门的手呀，在空中停留

各种物品的摆设是否依然如从前？
我的烟灰缸是否还在里面？
为你写的贴在墙上的诗，想必早已不见
为你唱过的那些歌，却仍然回荡耳边

我坐在门前的台阶上，默默点起一支烟
烟雾袅袅，模糊了我的双眼
还是没有勇气叩响房门

那扇紧闭的房门，我已凝望半天

害怕你突然从房间里走出来
期待你突然从房间里走出来
最后一根烟已经燃尽
思前想后，我终于下定决心

一个身材臃肿的女人打开房门
满脸警惕，问我找谁
你已经搬离这里
让我所有设计好的台词
枉费心机

想打电话给你，又觉得没什么意义
不知你现在搬到了哪里
不过，这又有什么关系
反正，我只想跟你寒暄几句

分道扬镳

文 / 花猫大哥

我看着你独自提着行李，走在人流中
你步履缓慢，走走停停，像在思考
又像是在寻找什么，却无论如何也找不到
是否你正寻找我的身影，依然期待我的怀抱
我就在不远处默默凝望着你，只是——
你不知道

我斜倚着天桥的栏杆，那些甜蜜过往让我忧伤
我多想走上前，对你轻轻说一声：你好
我多想走上前，再给你一个轻轻的拥抱
可是，可是不知什么力量却阻挡了我的脚步

我斜倚着天桥的栏杆，抽着烟看着你渐行渐远
我多想走上前，告诉你我对你还有依恋
我多想走上前，再看一眼你娇羞的容颜
可是，可是不知什么力量阻挡了我的脚步
就这样吧，让我们就此——
分道扬镳

我失魂落魄地走在回家的路上
那些甜蜜过往，如今却让我忧伤

我多想告诉你我对你还有依恋

我多想再看一眼你娇羞的容颜

可是，可是人潮人海中早已不见你的身影

只有清风阵阵，高楼耸峙、车水马龙

随风而逝

文 / 花猫大哥

跟你道别的时候我觉得自己很伟大
你眼里含着泪水摇头笑我太傻
你说你已看透了我的伪装我的虚假
我看着你清秀的脸庞却不作答

其实我远没有你想的那么潇洒
午夜的忧伤出卖了我内心真实的想法
我想再给你一个热切的拥抱并且说些祝福的话
当看见你的泪水顺着脸颊无声地滑下

就让这一切随风而逝吧
我已听到你沉默的回答
就让这一切随风而逝吧
我已知道自己内心真实的想法

百亩桃园

文 / 花猫大哥

我斜倚桃树，点起一支烟，望向南方
在那个遥远的城市，住着我心上的姑娘
已是深秋，天空湛蓝如洗，树叶飘黄
树上果实累累，一片丰收的景象
她曾说，她最喜欢看桃花
可是她从未来过这个地方
她是个面如桃花的姑娘
只是她从未来过这个地方

我在树下漫抚琴弦
片片枯叶落到弦上
阳光径直照在我的身上
我一边弹琴，一边想：
如果这里像城市那样
也许她就会来到我的身旁
我一边弹琴，一边想：
如果这里像城市那样
也许她依然会在我的身旁

似多似少

文 / 花猫大哥

河流已经结冰
河水依然在冰面下流动
就像你神情平静
心里却暗藏汹涌
凛凛寒风刮过身旁
心里忽然有一些冷清
抬头望向远处
多少人迷失在夜色中

让我们干了这杯酒
从此不再回忆曾经
让我们忘了那段情
当时只是年少懵懂
让我们熄了这团火
一切不过浮生幻梦
让我们打开这扇门
我们的魂灵，已久困樊笼

生活似乎比理想
少了些什么，又多了些什么
夜晚似乎比白天
少了些什么，又多了些什么
婚姻似乎比爱情

少了些什么，又多了些什么
我，似乎比原来
少了些什么，又多了些什么

我是谁

文 / 花猫大哥

我从来不是我
我是流星坠落的残片
是一抹淡淡的月光
我是飘过尘世的一阵晚风
是等待绽放的落落野花
我是你的影子
是你潮湿的心事
我是你镜中的自己
是你即将轻启朱唇说的一句话
我是你眼角的一滴泪
是你散落风中的一声叹息
我是天使做的一个梦
是上帝给你开的一个玩笑

曾经以为

文 / 堤译萱

曾经以为
爱情是生命里最浓的色彩
没有爱情的生命
它就是灰色的

曾经以为
只要努力去爱
只要拼命去爱
只要爱到世界只剩两个人
就能，爱出世外桃源

把所有矛盾的思想淋漓解放
把你我的行装放进背包
一切
都已收拾妥当
只等明日启航

天亮了，推开窗
世界是拥挤的人潮
那场以为的爱情
在嘈杂声中，碎了一地

无声

在太阳未出来时

就已死去

无泪

最美的荡气回肠

文 / 堤译萱

静坐于花上
只为等君来
眼眸低垂愁
相思日日浓

那年，我乌发如云红裙委地
那夜，凤凰树下我踏着月色
把委地的红裙舞得飞扬　烈烈如火
那年，你眉清目秀俊美绝伦
那夜，如水月下你迷失庭前
夜风鼓起你宽大的长袍　猎猎作响

只因那惊鸿一瞥的月夜
我从此分不清白天黑夜
等你
等得我的红裙都变了色
等你
等得我的长发不再乌黑

是谁说过
没有姿态也能成就惊鸿
可我已坐成了姿态
却失了惊鸿

君啊

当你容华谢后君临天下

我已坐成永恒

只是那时

我已不能开口对你说

对我而言

你

就是我的天下

药方

文 / 堤译萱

已记不清在哪一年
我学会了折千纸鹤
已记不清从某年某月的某日起
开始每天只为你折千纸鹤
那时
折着千纸鹤，数着日子
想着你笑容灿烂回来的样子
却不知
从那时
心里悄然种下了
一颗美丽而忧伤的种子
在顺流而来的日子里
寂寞地成长着
只为等你
那时
我孤单却不寂寞
因为你住在我心里

每天为你折着千纸鹤
并在能够带我的心飞翔的翅膀上
写上那天我想对你说的话
色彩斑斓的千纸鹤
色彩斑斓了我的窗

色彩斑斓了我的床
色彩斑斓了我的整个房间
色彩斑斓了我想你的心房

已记不清在某年某月的某一天
我站在底下是池塘两面临风的阳台上
放飞了所有满怀希望的千纸鹤
却放飞不了我深深的忧伤
在那一刻
我知道
忧伤已深深植入心房
我得了无药可治的情伤
从此
在寂寞里忍受着疼痛的煎熬
唯有等待岁月
把它结痂成一道深黑深黑的疤

岁月顺流而来，君临一切
已记不请从某年某月的某天起
我就没有动手去折过千纸鹤
因为
我要学会遗忘
听说
遗忘是治疗情伤最好的药方

埋葬

文 / 堤译萱

那朵
最初蚀我心怀的
玫瑰
在这个春天里
终被我深深地埋葬在
那个开不了记忆的
山坡上

或许是我们没有在佛前求过
或许我们在前世做过什么错事
或是在前世
我们有一段未了的情缘
所以，今世
我们只能有缘相逢
无分结果
我想
一定就是这样的
是不是？

你说，是不是埋葬了好？
埋葬了这半死不活的忧伤
也埋葬了前世遗留的情债

来世

还是在

那条开满花的小径上

我们都一身轻的

再相遇

你可否愿意?

遇水开花的伞

文 / 堤译萱

我有一把遇水就会开花的伞
明明记得放在这里的
为何不见了
也记得那天我忘了把它一齐埋葬
明明记得放在这里的
真是奇怪了

今春这儿雨水充沛
我只想看看它
还能不能开出花
可是
为什么就不见了呢
我的那把粉红的伞

请不要跟我捉迷藏了
我已寻得筋疲力尽
雨下了快一季
我怕它停了

春雨偷偷告诉我
因为雨中只我一个人
伞再也不会遇水就会开花了
你不再是把遇水就会开花的伞了

所以你逃了

怎么可以这么残忍
你逃走了
我生命中仅存的
一抹粉红

你到哪里了

文 / 堤译萱

白日里
有人问
为什么魂不守舍的
我答
因为我的灵魂去旅行了

在灵魂去旅行的日子里
喜欢站在窗前望远方
喜欢在自己的眼睛能看到的
最远的地方
寻找最亮的灯光

今晚的天空
没有一颗星
地面在昏黄的灯光下
泛着潮湿的光
我把头伸到窗外
没想到被雨温柔而顽皮地攻击
以为没有下雨
原来是这个世界嘈杂的声音
淹没了雨的歌声

我看到最远处的灯光

闪着触及不到的光芒
我的眼睛开始发热
我的鼻子开始发酸
然后，我感受到有一种温烫的液体
在我的脸上流淌
蜿蜒曲折

远处的灯光
你可否知道
我的灵魂已到达什么地方
我的耳朵为什么听到了
比死亡更可怕的绝望

一叶知秋

文 / 堤译萱

轻捡一片落叶
错愕
哦，秋到了
一个属于诗人的季节

我不是诗人
却喜欢作出诗人的模样
在瑟瑟的秋中
开始，也为忧伤
神经质地
轻吟浅唱

我终究不能学得
像模像样
我本想把忧伤唱得委婉绝美
却没料到
我唱跑调让人哄堂大笑

有谁知道
其实，其实
其实我的心中真的有一道深深的忧伤

清晨、午后、黄昏、深夜

日出日落
我反复学唱
却怎么也学不会诗人的那种吟唱
但我真的是
真的是，也能
一叶知秋

沉思篇

鼓浪屿

文 / 花猫大哥

很多年前，当你还年轻
那时，你没有如此盛名
苍凉的海风吹着你的脸庞
你静默在那里，看世事沧桑

如今，太多的热闹与繁华包扰着你
你突然回想起那遥远的过去
那时，没有太多的人知道你
你守望着大海，孤独地看潮落潮起

偶尔会有海鸟落在你肩上
它不作歌唱，陪你默望远方
海水轻柔地抚摸着你的身体
像夏日午后母亲哼起的催眠曲

在太多的喧杂笑语中
我听到你的寂寞心声
像情人离去时的轻微叹息
你已不是过去的自己

放荡青春

文 / 花猫大哥

没有固定工作，也不想有固定工作
总觉得所有的工作都不符合自己的性格
对现实一万个不满意，自诩为理想主义者
但是，你其实并不知道理想是什么

白天无所事事，夜晚思绪如浪
多少个深夜，你在街上漫无目的地游荡
你无法平和地面对自己
却自欺说，青春就该这样
多少个深夜，你在街上漫无目的地游荡
幻想对面走来一个漂亮姑娘

有些人脚踏实地
你却认为他们是现实的奴隶
有些人愤世嫉俗
你却认为他们很有见地
你不懂得人世的艰难
所以你壮志凌云豪气冲天
你不懂得誓言的善变
所以你口口声声“爱你永远”

你抱怨社会的现实
但很少反思自己

你抱怨理想不可企及
但想想吧，其实你从未为之努力

你把不负责任当成真实率性
你把不思进取当成淡泊恬然
你把固执偏激当成坚守自我
你把消极被动当成顺其自然

自卑的时候，觉得自己一无是处
自负的时候，觉得整个世界都配不上自己
你对自我的评价总是趋于两极
你还没有学会客观公正地看待自己

你是一个十足的伪君子
漫谈理想却从不行动
为了不至于瞧不起自己
你自欺说，世事艰难、理想难以实现

午睡浅呓

文 / 花猫大哥

风太大
伞被吹到空中
与云朵化为一色
鸟儿吃掉了风
肚子鼓鼓的
太阳打起哈欠
任云彩四处飘游

我见惯了流浪的风
却依然迷恋你游移的眼睛

树根深深扎进土里
枝丫伸向天空
它想触摸天空的肌肤
风儿笑它自作多情

麻雀衔来一枚枯叶
把它送给太阳
冬姑娘皱起眉头

自行车跑来跑去
前轱辘带着后轱辘跑
小孩子跳呀跳

时间老人坐在一旁微笑

我想聆听你的心事
你却只把它讲给风听
或许，明日的太阳
会向我讲述黑夜的情话
那时，你刚刚沉入梦乡

你是太阳的孩子
永远追随光明
太阳看着你
却总沉默
我想，它已明白你是什么
它钻进云彩
悄悄看你

没有谁会永远保持食欲
在一大堆残羹冷炙面前
蚂蚁爬来爬去
找寻残渣

蜜蜂嗡嗡嗡
花儿听得直摇头
它不懂这特殊的情话

将来离开时
我想带走一条河流

将所有的往事倾入河中
看它们自在流动

你有你的天空
我有我的大地
我们彼此渴望
却总失之交臂

姑娘们从来不累
她们来来去去
你走了，我来了
我们一起掌管四季
我给你春雨
你给我秋风
我们却不能一起游戏

或许明天，我将发现真正的自己
或许明天，我将梦呓出自己的话语
只是现在，星星都睡了
风儿却不休息，吹个不停
想想吧
一生短暂，各奔东西

我已经死过无数次
如今，我渴望生命

恍惚梦境

文 / 花猫大哥

昨天晚上我做了一个梦
梦见什么我记不清了
梦里我到了一个熟悉的地方
到了哪里我也记不清了
梦里仿佛有个白衣胜雪的姑娘
她的容颜我也记不清了
她好像对我说了一些轻柔的话语
具体说了什么我也记不清了
梦里我好像有一些单纯的想法
具体什么想法我也记不清了

人生就像一场模糊的梦境
我们说过一些话、遇见一些人，如今已记不清
人生就是一场模糊的梦境
我们做过一些事、爱上一些人，如今已记不清

地铁

文 / 花猫大哥

你在一个狭小漫长的道路上飞速奔跑，暗无天日
轨道是别人给你设计的，你没有自己的主意
他们告诉你前方就是光明，你相信这是对的

一天又一天，一年又一年，你跑过来又跑过去
重复的轨迹，单调的路线，你已不厌其烦
路旁的风景你已经看厌，没有一点新鲜
但是你只能勇敢的向前，一去不回头
他们告诉你前方就是光明，你相信这是对的

初冬果园

文 / 花猫大哥

初冬清晨，我独自漫步在果园中
园子里一片萧瑟，只有枯枝随风晃动
有不少熟透的果子无人采摘
它们早已腐烂，淹没在厚厚的枯叶中

夏天时，我曾在此徜徉
那时树上的果实还未成熟
有几个顽皮的孩子翻过低矮的篱笆墙
把那青涩的果子偷偷采摘
那时树上的果子还未成熟
淘气的孩子们却把它们采摘

现在，我再次漫步园中
这满目荒凉让我思绪翻动
多少成熟的果子腐烂在黄叶里
而青涩的果实却被人偷偷采摘

我蹲在树下，掏出打火机点燃枯叶
任那冲天的火光映红我的面庞
火苗在淡淡的寒风中不紧不慢地燃着
我一边抽着烟一边默默地想：
多少成熟的果子腐烂在黄叶里
而青涩的果实却被人偷偷采摘

白沙香烟

文 / 花猫大哥

我抽过很多烟
却对你情有独钟
也许你不是最好的
可什么才叫最好
喜欢的就是最好的
适合的就是最好的

在别人眼里
你就是普通的香烟
但在我心里
你独一无二
因为喜欢你
你变得独一无二

不知道为何喜欢你
似乎没什么道理
世上的香烟有千万种
为何我只迷恋你
也许是你的味道暗合我的心思
也许是你给我的感觉与众不同
也许，都不是
只是喜欢你

在我遇到你之前
你是否已经等了我很久
我相信
你也一直在等待一个赏识自己的人

人如香烟
也在等待一个喜欢自己的人
人如香烟
愿意为了欣赏自己的人耗尽生命

我们本就一无所有

文 / 花猫大哥

我们追求自己没有的东西
并把这视为人生的意义
得到了，我们欢欣鼓舞
得不到，便垂头丧气
亲爱的，不要忧愁
我们本就一无所有

我们很少珍惜已有的东西
总觉得它们永远不会离去
等到失去
方才追悔莫及
亲爱的，不要忧愁
我们本就一无所有

世界上没有永恒的东西
没有什么不会失去
我们本就赤条条一无所有
没有什么不能失去

最好的东西
只有我们自己才能给予自己
比如平和的心境
比如钢铁般的意志

最坏的东西
只有我们自己才能给予自己
比如焦灼的心境
比如巨大的心理压力

让我们对世界说
我在这里，请你走来
让我们对自己说
万物来去，任它来去
让我们对生活说
艰难困顿，玉汝于成
生活已经加给我们许多困苦
我们不能再给自己一刀
生活已经加给我们许多困苦
我们怎能再给自己一刀

抽离

文 / 花猫大哥

把自己从所有的琐屑中抽离
看看自己最初的模样
把自己从所有的欲望中抽离
看看自己最初的梦想
对任何人没有过多要求
学会自己抚慰自己
对任何事没有过多期冀
诸事但凡尽力

自己是自己最好的朋友
所有的东西别人无法替你承受
自己是自己最大的敌人
永远不肯放弃跟自己较劲

让灵魂与肉体一起上路
让理想与现实和平共处
让躁狂与沉郁烟消云去
让自己与自己和平共处

有些感觉淡如秋风

文 / 花猫大哥

有些感觉淡如秋风
来无影，去无踪
偶尔吹落心底的枯叶
却不会搅扰平静的心灵

石子投入河中溅起阵阵涟漪
然后沉入水底消失不见
让所有的事情就像这石子
不要在我们心中激起太多波澜

有些感情淡如秋雨
淡淡地来，淡淡地去
即使失去，也不会太在意
我们只是萍水相逢而已

石子投入河中溅起阵阵涟漪
然后沉入水底消失不见
我们每一个人就像这石子
不会在世界上激起太多波澜

星空

文 / 花猫大哥

你看起来那么黯淡
那是因为我离你太远
你看起来那么渺小
那是因为我离你太远

今晚的风有点大
会有几颗流星被吹落
那些苦闷彷徨的人们
那些迷失在霓虹闪烁中的孩子
为何你的眼神写满凄迷
仿佛陨落的流星
把最后一抹光亮，留给这喧嚣的城市

今晚我有点想家
想念故乡的幽幽绿草、落落野花
还有那满鬓飞霜、苍老田间的爸妈
我在远方想念远方
在梦中寻求幻梦
我所拥有的、拥抱的
都不会永归于我
只有那皓月清风
只有那残山剩水
与我同生，伴我孤老

遇见过的朋友啊
我将永远记住你们的笑脸和意气风发
还有那些在醉酒的夜晚
破灭的碎梦

任你来去

文 / 花猫大哥

所有的花
红的粉的白的紫的
都会凋落
所有的人
穷的富的得意的失意的
都将死去
所有的心情
忧伤的快乐的躁狂的沉郁的
都会过去
所有的感情
浓烈的淡雅的相濡以沫的相忘江湖的
都会逝去

繁星不会恋眷黑夜
你来，我熠熠生辉
你去，我消隐于无形
任你来来去去
我终将是我，永不改变

我是永远向前流淌的溪水
你是沿途的风景
相遇即是别离
你是我匆匆的过客

我有自己的归宿

你是永远向前流淌的溪水
我是沿途的风景
相遇即是别离
我是你匆匆的过客
你有自己的归宿

你走向我
我对你微笑
你离开我
我与你挥别
世界是我的梦
我是世界的影子

让爱滋长

文 / 堤译萱

在不同的午后
坐同一张沙发
听不一样的歌
跟同一个人拍照
老了傻气的妈妈
大了懂事的帅帅
爱，暖暖的
在滋长
老了的妈妈还没学会去照顾孩子
大了的孩子已懂得会去照顾妈妈
任时光你任性地匆匆去
我只在乎在温暖中幸福

骄傲的尊严

文 / 堤译萱

一个人
是否贫穷与富有
金钱不是唯一的衡量法
至少我是这样认为
世上最重要的东西
不是金钱
而是心灵上的愉悦
我想
不是只有
有钱就可以任性
我没有钱
但我可以用自己的方式任性
因为
我有我骄傲的尊严

给爱情

文 / 堤译萱

当现实的墨黑诋毁你的颜色
单纯是最崇高的表达
当你诗意的水粉
被现实强行剥落
他们能做到的
只是把你的面容凿得无比丑陋
却动不了你美丽的灵魂

在灵魂懂灵魂的世界里
你依然有你最美的颜色
有你最动听的声音
还有你最单纯的表达

在是非颠倒辨别不清中
其实你已走入我生命
在无人察觉中
你已成为我生命中的生命
现在我要告诉你
在我生命余下的时光里
我的面容只为你消瘦
我的心只为你苍老

至今我才明了

真正诗意的爱情

是灵魂与灵魂的爱恋

如果·也许

文 / 堤译萱

如果
一个害怕死亡的人
突然说
她不害怕死亡了
是不是意味着
她不热爱生命了

如果
一个对你说过喜欢你的人
突然说
我们不用再联系了
是不是告诉着
这是个已玩尽的游戏

如果
那道你最爱看的风景
突然
永远地消失了
你的心
会不会
唱起落幕的悲凉

当一个害怕死亡的人

突然说
我不害怕死亡了
也许
这意味着
她已学会了坚强

当一个对你说过喜欢你的人
突然对你说
我们不用再联系了
也许
她有她
难言的苦衷

当那道你最爱看的风景
突然
永远地消失了
也许
你在风景
消失前
就已学会了珍藏

现实篇

白开水

文 / 花猫大哥

你说你对生活已经失去新鲜感
你说你已不再憧憬明天
你说明天只是今天的翻版
惯常的生活呀，年复一年

你不知道为什么会变成这样
你把日子过成了流水账
多年前你幻想的自己，可不是现在这副模样
不知不觉，你把日子过成了流水账

你说生活就像白开水，没有味道
你说你时不时地会感到无聊
你说追求的一切都没有意义
茫茫尘世，你已迷失自己

你说心里始终像蒙了一层灰
你说所有的事情都让你感觉疲惫
你说自己已无路可退
想要努力生活，却把时间荒废

生活不是我们想象的样子
我们强加了太多不属于它的东西
一时达不到目的，难免失望至极

说到底，这是我们自己的问题

让我拿什么劝慰你?
我没有那么多大道理
接受它、适应它、爱上它
目前看来，这是唯一的办法

你说日子像白开水，淡而无味
这一点，你说得很对
但有一点却被你忘记
所有饮料中，白开水最珍贵
你说日子像白开水，淡而无味
但在所有饮料中，它最珍贵

英英

文 / 花猫大哥

我在一个无风的夏日黄昏回到故乡
有人正坐在村西的大树下悠然乘凉
那是邻居刘大娘和她的小孙女英英
我离家时，英英正咿呀学语蹒跚学步
如今，她已长成一个漂亮可爱的小姑娘
我离家时，英英正咿呀学语蹒跚学步
如今，她不知道我就出生在这个村庄

她的父母常年在外打工，背井离乡
只为给她创造富足的生活，让她不再像他们那样
可为何英英的眼神里有着不易察觉的忧伤?
她的父母只想给她创造富足的生活
她的眼神里却写满了不易察觉的忧伤

我坐在英英身旁，点起一支烟，默默地想：
我们都是孤独的孩子，在寂寞中独自成长
一代人有一代人的艰难困苦，一代人有一代人的期冀迷惘
在现实面前，我们总是缺乏足够的力量
我们以为自己是自己命运的主宰者
但在现实面前，我们却总缺乏足够的力量

不字歌

文 / 花猫大哥

我有一份不好不坏的工作
每月挣着不多不少的薪水
每天的心情呢，不阴不晴
日子倒也过得不紧不慢

久未联络的朋友 QQ 上聊几句吧
哪怕话题依然不痛不痒
难过的时候就独自抽几支闷烟吧
青春已经消逝，不声不响

有时会不明不白地心生惆怅
有时会不知不觉地陷入忧伤
有时会像个孩子一样冲动，不管不顾
有时面对爱人却突然沉默，不言不语

心情不好的时候就出去走走吧
看绿树青山、不悲不喜
努力让自己的心像镜子一样吧
任外物来去、不迎不拒

一个女孩的自白

文 / 花猫大哥

他有房有车，还有一份很好的工作
他说喜欢我，觉得我很不错
妈妈说，他是一个很好的结婚对象
可为何，可为何我却对他毫无感觉？
他是一个很好的结婚对象
我却对他毫无感觉

我喜欢上一个男孩，他没房没车，人也长得普普通通
不知哪里把我吸引，就觉得他与众不同
我第一次感到幸福，想和他共度今生

可妈妈说，爱情不会长久，激情终将退去
渐渐地，双方都会对彼此失去感觉和兴趣
既然如此，为何不选择一个条件好的人呢？

妈妈说，感情只是生活的佐料
柴米油盐才是正餐
她说我被爱情蒙蔽了双眼
对生活的本质无法看见

或许妈妈是对的
但我依然决定按照自己的心意行事
纵使前方再多艰险

起码还有一个人，与我相依为伴
我愿意通过自己的双手打造幸福
而不愿不劳而获、坐享其成

几年过去，生活让我们渐渐改变了模样
我也不再是那个不谙世事的小姑娘
在这个寂静的夜晚，我突然想起妈妈当年的劝告
她说感情只是生活的佐料
柴米油盐才是正餐
她说爱情不会长久
激情终将消失不见

一个大龄单身女青年的自白

文 / 花猫大哥

身边的朋友大多早已结婚
我已经三十岁，可依然单身一人
之前也曾为谁心动，但终究有缘无分
也曾被谁苦苦追求，但却不是我想要的人

人们说，大龄女青年单身原因无非两种
一是要求太高，二是条件太差
我却不属于其中任何一种
我也想找个人共度此生
只是还没找到一个让我心动的人

这个要求说高也高，说低也低
因为即使对方条件再好
也可能不合我心意
在别人看来很普通的一个男人
却可能让我心醉神迷

我没有什么固定的标准
什么年薪啊，相貌啊
这些我都不关心

我只想找一个让我心动的人

亲朋好友都说我很天真

因为我只想找一个让我心动的人

搭讪

文 / 花猫大哥

看，那边走来一个姑娘
她容貌俊秀，举止端庄
要不要走上去搭讪
我一时没有主张

她坐在街边的长椅上
信手翻起随身携带的纸张
我看到她的头发随风飘扬
她神情怡然，如夏夜月光

要不要走上去搭讪
我依然没有主张
我看到她从长椅上起身
她笑意盈盈，眼波秋水般荡漾

她径直向我走来，像梦一样
我手足无措，心跳得直响
我呆站在原地，木桩一样
在这个冬日中午
这个梦幻般的姑娘径直向我走来

“先生，等等！”背后传来她的声音

我加紧脚步，头也不回

半分钟之前，她对我说了第一句话

“先生，您需要保险吗？”

同学聚会

文 / 花猫大哥

大家又聚在一起
说着各自的心事
过去远大的理想不去再提
只说挣多少钱何时结婚生子

上学时的故事依稀记得
淘气的事情还会想起
当时喜欢的那个姑娘
如今却不知她在哪里

酒喝了不少烟也抽完
大家都醉了却没有散去的迹象
聊聊吧，随便说点什么话题
趁天色未晚，再聊点逝去的往昔

通往菜市场的那条小巷

文 / 花猫大哥

有位老人坐在地上，衣衫褴褛神情悲伤
他脚边放着一个空碗，在乞求人们的善良
有人眼戴墨镜，他说可以摸骨看相
“我的技艺是祖传，与封建迷信完全不一样”

有人面前摆着几套过去的人民币
他说你一定要收藏，将来会富甲一方
有人在兜售他的灵丹妙药
“专治疑难杂症，这是祖传秘方”

有人蹲在角落，看人来人往
有人坐在路旁，慵倦地晒太阳
有人在酒馆喝着小酒，什么也不想
有人在等公交车，不知要去向何方

卖鸡蛋的小摊前，排起了长队
据说过几天鸡蛋价格还会再涨
卖馒头的小店前，有人在吆喝：
“山东大馒头，你快来尝一尝”

几位老友重逢，免不了话一话家常
生活近来怎样，身体是否无恙安康
一个姑娘在徘徊游荡，表情忧伤

她的恋人已远走他方，不在她身旁

有人蹲在角落，看人来人往
有人坐在路旁，慵倦地晒太阳
有人在酒馆喝着小酒，什么也不想
有人在等公交车，不知要去向何方

相亲

文 / 花猫大哥

你做什么工作，快跟我说说
你有多少存款，是否有房有车？
身高、体重统统告诉我
还有你是什么星座

感觉不可靠，爱情放一边
我想找一个结实的靠山

你有什么爱好，喜欢什么歌曲？
是否彬彬有礼，幽默风趣？
我可不喜欢大男子主义
两个人得有共同言语

现实要思考，感觉也重要
面包和爱情我全都想要

未来难以预见（改编自英文歌曲《que sera sera》）

文 / 花猫大哥

很小的时候，我问妈妈
上学后我会怎样
学习成绩会好吗
会受老师同学欢迎吗
妈妈说，亲爱的孩子
未来难以预见，一切顺其自然
得到的不会永远得到，失去的也未必永远失去
一切顺其自然，未来难以预见

上高中时，我问同学
我们会考上中意的大学吗
我们会遇到心动的姑娘吗
同学说，兄弟
未来难以预见，一切顺其自然
得到的不会永远得到，失去的也未必永远失去
一切顺其自然，未来难以预见

上大学后，女朋友问我
我们会永远在一起吗
我们未来会幸福吗
我说，亲爱的
未来难以预见，一切顺其自然
得到的不会永远得到，失去的也未必永远失去

一切顺其自然，未来难以预见

毕业后，哥们儿问我
我们的理想会实现吗
我们会变得越来越世俗吗
我说，兄弟
未来难以预见，一切顺其自然
得到的不会永远得到，失去的也未必永远失去
一切顺其自然，未来难以预见

结婚后，妻子问我
我们会买得起房子吗
我们的生活会越来越好吗
我说，亲爱的
未来难以预见，一切顺其自然
得到的不会永远得到，失去的也未必永远失去
一切顺其自然，未来难以预见

现在我有了自己的孩子
有次他问我，爸爸
上学后我会怎样
学习成绩会好吗
会受老师同学欢迎吗
我说，亲爱的孩子
未来难以预见，一切顺其自然
得到的不会永远得到，失去的也未必永远失去
一切顺其自然，未来难以预见

柴米青春

文 / 花猫大哥

给孩子洗完尿布后
我想去楼下走走
她让我少抽点烟
回来时，顺便带瓶酱油

她让我别在楼下的超市买
出家门左转，前行 500 米有个小商店
那里的酱油便宜一块钱
我想给她买瓶洗面奶
她说去年的还没有用完

我提着酱油，街边坐了很久
树叶伴着秋风，缓缓地飘落
旁边小酒馆里依然人声鼎沸
我提着酱油，不觉间抽了许多烟

回到家时，孩子已经睡去
她正在看一档非常无趣的综艺节目
我随便拿起桌上的一本书
却没有读下去的兴致
这是一本很精彩的小说
可是，我却没有读下去的兴致

那已是很多年前的事

文 / 花猫大哥

我曾说过，除了自己，我们无人可依
我要在荆棘丛生的道路上
用血泪走出自己的印迹
不啃老，自强自立
有多大能耐办多大能耐的事
光阴飞逝，那已是很多年前的事

父母曾提出要在省城给我买套房子
他们帮我交首付，还贷则要靠我自己
我粗暴地拒绝了他们的提议
我要靠自己的能力买套房子
光阴飞逝，那已是很多年前的事

很多人问我为何还不结婚
我说，事业未成，何以成家
大丈夫当飘游四海，浪迹天涯
我只追求自由和梦想
其他的东西，根本不提一值
光阴飞逝，那已是很多年前的事

我总觉得自己天赋异禀、与众不同
也时常觉得自己才华出众
我觉得总有一天我会出人头地

梦想和现实终会达成一致
光阴飞逝，那已是很多年前的事

父母又提出要在省城给我买套房子
他们帮我交首付，还贷则要靠我自己
听罢，我点上一支烟，陷入悠长的沉默
我曾粗暴地拒绝过他们的提议
我觉得，绝不能啃老，要自强自立
有多大能耐办多大能耐的事
不过，那已是很多年前的事
如今，我却抽着烟，陷入悠长的沉默
我曾粗暴地拒绝过他们的提议
如今却抽着烟，陷入悠长的沉默

大雁和麻雀的爱情

文 / 花猫大哥

想要带你飞到南方去
那里没有寒冷漫漫冬季
可你说你已习惯了这里
应对寒冷没有任何问题

你一定要等着我回来
我会在明年春天再次归来
请你把我耐心等待
我们只是暂时分开

等我再次回到这里
花儿已开得遍地都是
可你在哪里
我苦苦地寻找
却难觅你踪迹

在一旁歌唱的喜鹊告诉我：
朋友，她已经去了遥远的地方
永远不会再回到你身旁
不要再费时间把她苦苦寻觅
她已经去了遥远的地方

“在最寒冷的时候

你没有陪伴在她身旁
那些孤寂的漫漫长夜
她无可依傍
寂寞的时候
我会前来为她歌唱
那时你正在南方，享受暖阳
你俩都没有错
生活习性不同而已
你俩都没有错
错就错在爱上了彼此”

喜鹊说完，振翅飞走了
留我独自枝头沉默
三月的暖阳照在我的身上
我却没有任何暖意
我反复体味着喜鹊的话语
陷入悠长的沉思
“你俩都没有错
生活习性不同而已
你俩都没有错
错就错在爱上了彼此”

婚前婚后

文 / 花猫大哥

婚前，你说喜欢我像个孩子一样单纯
婚后，你说我傻，跟谁都交心
婚前，你说喜欢我一直坚守自己
婚后，你却说我太固执

婚前，你说喜欢我的率真
婚后，你责怪我不会做人
婚前，你说喜欢我热爱幻想，诗人一样
婚后，你说我想的多，做的少

我还是那个我
你对我的看法却已改变
不要再说你还爱我
一切抵不过岁月变迁

婚前，你说想和我隐居山林，琴箫相和
婚后，你说人不能活在自己的世界里
婚前，你爱看我写给你的小诗
婚后，你说这些东西对改善生活毫无裨益

婚前，我对你说起我的梦想，你说我志存高远
婚后，再谈梦想，你摆摆手，说我好高骛远
婚前，你欣赏我从不随波逐流

婚后，你说我自命不凡装清高

我还是那个我
你对我的看法却已改变
不要再说你还爱我
你已看清了我的另一面

打水漂

文 / 花猫大哥

你问我最近过得怎么样
我低头喝着茶，沉默不语
茶叶开始大都漂浮在水面上
几泡热水之后，却都沉到了杯底

你说有时会怀念童年时光
我突然想起小时打水漂时的情景
碎瓦片在水面上奋然滑行不远
便跌落水底，再也找寻不见

你问我未来有何想法和打算
我低头喝着茶，沉默不语
茶叶开始大都漂浮在水面上
几泡热水之后，却都沉到了杯底

乡下姑娘

文 / 花猫大哥

昏黄的灯光下
你为我缝补着衣裳
温暖的壁炉已烧起火
暖暖的，像含了一块糖
透过窗户望出去
能看到如水的月光
它停留在树梢
又倾泻在地上
孩子已经睡去
一脸甜蜜安详

这平静的幸福
我曾经不屑一顾
我曾离开你多年
在外面的世界游历
我曾觉得这个小小的村庄
装不下我对世界的渴望
那时我还年轻
不懂这平静的幸福
我日夜把幻梦追逐
把你的柔情轻易辜负

现在你就坐在我的面前

低头为我缝补着衣裳
这平静的幸福
我曾经不懂欣赏
如今却让我安详
这简单的自足
我曾经不懂欣赏
如今却让我安详

写给姐姐的信

文 / 花猫大哥

姐姐，好久不见，你还好吗？
日子过得怎样，是否快乐？
杭州的冬天是否也像北京一样阴冷萧瑟？
我还是那样，生活没有太大的起色

外甥女现在又长高了不少吧，一定跟你一样漂亮吧
我已经两年没有见到你，今年过年你是否回家？
我身上还穿着当年你给我织的那件毛衣
虽然有些破旧，却依然温暖如初

姐姐，不知为何，最近我有些焦虑
总想拼命抓住一些东西，却感觉无能为力
我的心像摇荡在风中的蛛丝
想网住一些小虫，却困住了自己

姐姐，别为我担心
虽然这些年我一直在跟自己较劲
我像苦行僧一样
放纵自己也为难自己
但姐姐，请别为我担心
虽然我时常跟自己较劲

姐姐，抽个时间来北京玩玩吧

我陪你走走北京的大街小巷
再听你讲一讲小时候的故事
再想一想过往的欢乐时光

故乡

文 / 花猫大哥

她问我，为何与她如此亲近
我笑笑，没说话
我没有告诉她
她长得跟我姐姐很像

饭馆大姐问我，为何常去她家吃饭
我笑笑，没说话
我没有告诉她
她烧的饭菜跟我妈妈很像

一哥们问我，为何总拉他一起喝酒
我笑笑，没说话
我没有告诉他
他喝酒时的神色跟我哥哥很像

一个中年民工
坐在一堆建筑垃圾旁，望着远方
我走过去
递给他一支烟，给他点上
我没有告诉他
他沉默时的样子跟我父亲很像

幸福

文 / 花猫大哥

大学里谈一场轰轰烈烈的恋爱
毕业时找一份待遇不错的工作
找一个养得起的女人结婚生子
找一个买得起房的城市定居生活
他们说，这就是幸福
你要追求这样的幸福

下班时，找几个朋友喝点小酒
周末时，听听歌，看看书，整理整理房间
烦恼时，带爱人四处走走
忧伤时，就给孩子唱唱自己写的歌
他们说，这就是幸福
你要追求这样的幸福

让父母老有所养，病有所医
让孩子进入最好的学校求学受教
让自己对自己刮目相看
让所有的小梦想、小心愿一点点实现
他们说，这就是幸福
你要追求这样的幸福

别样的生活

文 / 花猫大哥

有一份时间自由的工作，不用坐班
不是很忙，但也不太闲
挣钱不算很多，但也算是中产阶级
想家时，就回家转转
烦恼时，就带着妻儿四处走走
去公园，或直接开车去郊外

一年的时间有一半是在路上
没有什么目的，只是任性地游荡
不会有“子欲养而亲不待”的遗憾
因为会时不时地回家待上数月甚至半年
不会因为工作太忙而忽略了孩子的成长
因为可以经常陪在他的身旁

想念朋友时，就直接去见他
管他是在同城，还是远在天涯
春天时，就在郊外待上几天
哪怕只是呆呆地看百花争艳
没什么事可发愁的
能够完全主宰自己生活的人不会有心事

这是别样的生活
是我现在不具备的生活

我正走在通往这种生活的路上

这是别样的生活

是我现在配不上的生活

我正堵在通往这种生活的路上

终老乡间

文 / 花猫大哥

男：

我要带你离开故乡

去另外一个地方

那里繁华热闹，不是萧瑟冷清

那里没有黑夜，彻夜灯火通明

那里道路宽广

不像山间小路、崎岖难行

那里有很好的学校

孩子的教育能够得到保证

那里有很好的医院

能治疗很多疑难杂症

女：

天上的星星多闪耀

我们一颗也摘不到

那里是很多人的天堂

却不能让我有任何神往

那里热闹繁华

人与人的距离却咫尺天涯

那里没有黑夜

星星找不到回家的路

那里道路宽广

人们却经常堵在路上

那里有很好的学校
赞助费数额也不小
那里有很好的医院
看个小病就得万儿八千
那里有房子
终其一生积蓄也未必买得起
那里有很多人
却没有自己

那里没有巍巍山谷，潺潺溪流
那里没有蓝蓝天空，朗朗星月
那里没有落落百花，离离野草

我们哪儿都不去
我们就待在这里
我们什么也不寻找
我们只找自己
我们不羡慕别人的繁华
我们有自己的自足
我们不羡慕别人的繁华
我们有自己的道路

好久没有

文 / 花猫大哥

好久没停下来看看沉落中的夕阳
体会内心深处那宁静的力量
好久没静下来好好想一想
自己未来的路，究竟在何方
好久没给朋友好好聊一聊
聊一聊心底的欢喜和忧伤
好久没有回到故乡
看看它是否依然是过去的模样

好久没静下来好好看一本书
或是听到一首感动自己的歌曲
好久没有毫无压抑地欢笑
或是无所顾忌地哭泣

好久没对爱人说一句：“我爱你”
或是牵着她的手漫步细雨微风里
好久没对着镜子好好认个错
愧对当年那个壮怀激烈的自己

仿佛浮尘遮蔽了双眼
对什么都不再有新鲜感
仿佛没有活过便已死去
或是——

还没有年轻过，便已老去

这一切的转变，是如此地自然
这一切的转变，在你不经意之间
过去的，一去不返
未来的，永不到来

短章集锦

文 / 花猫大哥

1

一心名利恁缠萦，聚散总匆匆。

孰料遽然辞世，此生不可再逢。

遥想昔日，曳杖凝伫，望断归程。

多少谆谆面语，而今只在梦中。

2

我像乞丐一样

热望你施舍给我爱情

哪怕你只给我一个盈盈浅笑

我就不再是一个乞丐

而会变成全世界

最富有的人

3

一壶酒，独酌慢饮。往事悠悠。

想故乡千里，双亲白发华颠，依旧飘游。

怅惘处，又西风，吹落闲愁。

夜阑梦断，倚栏南望，月下西楼。

问功名利禄，如今空剩大江奔流。

4

多少功名爱恨，悠悠一去无踪。

唯有庭前杨柳，依然笑对春风。

5

右安门，两年在此栖身

怅望昔日行乐处，不见旧时人

依旧天真，一壶诗酒一张琴

行歌吟啸都随性，笑对凡尘

6

薄酒未饮先醉，轻风拂过方寒。

依稀梦回水云间，笑我浮华牵绊。

往日慵然散淡，至今不改愚顽。

浑浑噩噩又一年，志大才疏学浅。

7

悠悠游子意，落落美人心。

佳人如明月，虽远亦相亲。

8

我不知该去向哪儿

就像风儿不知去向何方

我不知该去向哪儿

就像云彩不知飘向何方

当你说想我的时候

我就飘向你的身旁

当理想把我召唤

我就远走他乡

9

你是世间的一阵风
也是我心里的一个梦
你是轻沾唇边的一滴美酒
是我心灵荒漠里的一片绿洲

10

什么时候才能长出翅膀
飞越你我之间的万丈沟壑，抵达
你的内心深处
像一滴水溶入另一滴水
我们没有彼此
我们是世界的一滴泪
你是我心里的一泓泉

11

盼你浅浅笑靥，化我心中忧烦。
借你纤纤玉手，慰我半世孤单。
想我飘蓬多载，而今满面风霜。
望断天涯归路，故乡烟水茫茫。
漫想往昔旧事，今日飘落何方。
明日仓皇离去，谁人共我彷徨。

12

困倦欲眠，高空云影鸟翩跹。
欹卧书桌谁似我，梦里神仙。

又近年关，一年光景去如烟。
多少功名浑未竟，转眼奔三。

13

两年光阴在此过，今日又到此门前。
往事依稀都似梦，流年一去不复还。
街边小贩仍识我，相见依然有寒暄。
昔日光阴未虚过，此刻回首却茫然。

14

最美好的时光是已经逝去的时光
最美好的理想是尚未实现的理想
最美好的远方是尚未到达过的地方
最美好的诗句是尚未写就的残章

15

枯叶悠悠不坠，浊酒无人共醉。
转眼已奔三，落拓以何自慰。
惭愧，惭愧，多少光阴轻废。

16

你离我很远
远得让我无法触及
你离我很近
你就在我心里

17

我还没来得及长大

昨天就死了

我还没准备好

今天就出生了

18

你看过我所有的心事

知道我所有的秘密

如今我们却天涯流落

像两滴水融入大海

再也找不见

彼此

19

曾经我们无话不谈，如今我们相对无言

曾经我们沉浸书海，如今我们把酒言欢

曾经我们年少热血，如今我们步履蹒跚

曾经我们心比天高，如今我们命比蚁贱

随笔

怀念

文 / 堤译萱

住在天堂的——我亲爱的小姨，您好吗？

总在这个季节，这个时分，思念涨潮，防不胜防。为何这么多年了，总不能释怀于您的突然撒手离去。在如此深黑的夜里，倚窗，对着苍穹，我还是不能明了，命运的来处真的是天意吗？

只想只记住您的微笑，只想只记住您对我的好。可是，您在阳台上急切地远盼我回家时晕倒，然后满身泥沙艰难地爬回到床上的画面，总像一幅永不褪色的画卷在我的脑海里时时展现。

知道我的心有多痛吗？一想起它。

亲爱的小姨，您在天堂还好吗？

究竟人间与天堂的距离有多远？

是生到死的距离？

还是从开花到结果的那一段过程？

抑或是对生命的禅悟？

我不知，我也不懂。亲爱的小姨，我只知道时隔这么多年，我还是无法原谅您的离去。

为什么？为什么不能让我看您最后的笑容？为什么不能让我目送着您的离去？为什么选择在我不在您身边的时候离去？

是怕我不舍？是怕我难过？是怕您对这个世界流露出的极为无奈而又无限眷恋的眼神会深深刺痛我的心脏，还是其他？

您是不是欠我一个回答？

知道您的离去是那样的无奈；知道您无法抗拒生命里注定的永远的分离。但不知为何，总不能释怀。因为您这天堂一去已经给了我一个无法医治的绝伤，时时作痛。

今夜，我的眼睛又注定因怀念您而湿润。

亲爱的小姨，如果您想让我们的痛少一点点，那么请您在天堂里一定要过得快乐！

一定要快乐！

一定要！

鸟和猪

文 / 堤译萱

星期一到星期五，我是一只被逼早起的鸟儿。

清晨，雾未散尽，行人稀少。当潮湿的晨露沾满我来不及精心梳理的羽毛，我依然勇往直前一心奋力疾飞在自己的信念和责任中：不迟到。

傍晚，黑幕散开，月亮隐现。当夜渴望放松的气息冷冷地在我疲惫的羽毛四周渐渐浓重时，我对自己微笑，我又度过了一天。

我用倒时计迎接着双休日的到来。

我会微笑，很轻很轻的。

因为——

星期六和星期日，我就能做一只即使吊灯从天花板上掉下来砸到我身上也不会去理的幸福懒猪。

当我的猪生活即将结束进入到做鸟之前，一想起每天重复忙碌已让我生厌的工作时，我又会对如此重复的生活充满了莫名的绝望。

短暂的。绝望的感觉是短暂的。

因为我知道——

我的生命依然鲜活。生活必须继续。

在做鸟与做猪的生活中转换，如此重复，如我每天重复的工作。

我让自己慢慢习惯。

后会有期

文 / 堤译萱

不喜欢闻你浓浓的香味，却喜欢看你满枝丫的金黄。在你年华如玉时，我忘了对你说："爱你，秋天的桂花。来吧！快到我的相册里来。"

秋风过境，蓦然回首，想留你一季的金黄。而此时，你却早已落英缤纷，韶华已逝。

或许，不经意的错过，只为下次最美的遇见。

幸而，我们还可以，后会有期。

静夜之思

文 / 堤译萱

谢谢那些曾爱过我和我曾爱过的人。谢谢你们曾来过我的世界。

我希望，不管记忆有多年久，在我日渐衰老的生命里，仍会留有你们年轻的笑容。只愿我老态龙钟的时候依然没有失忆。

想起心曾经的回答。

爱情就是快乐与痛苦在生命里交替着反复吟唱。

人世间，不是每一场美丽的邂逅，都会有一个美丽的结局。有些时候，有些爱，注定忧伤。

坚持就是忍冬的冷酷，等春的希望。

天哭，地湿，雨打伞的声音，其实是一首我们都没有听懂的情歌。

坚强就是埋葬不了那些黑色的不愉快，就把它当作生命中最美的转弯。

黑色是深度的标签。

当一个人找不到一个可以听她问“为什么”的人的时候，她会觉得人生很漫长，世界好苍凉。

不管面临的隧道有多么的黑暗，要相信它一定有个光明的出口。

幸福就是在这个世上有人懂你。

年轻的爱情是玫瑰色，而年老的爱情则是温暖的天空色。

生活就是你在黑夜的温柔中睡去。醒来，跟白天微笑。

黑暗只是白天穿了件黑色的衣裳，它是月亮和星星的白天。

冬天的美丽就在于她的寒冷孕育着春的盎然。

其实，过冬也是一种成长。

最幸福的画面就是看着自己心爱的人喜上眉梢。

也许，在这个夏天过后，你再也看不到我的红裙飘扬。

但我已把你写进我的生命里。

你成了我生命里唯一的一首散文诗。

忽然的想念

文 / 堤译萱

刚看到八哥很久以前给我照片的评论。他留了一句话：“老了！呵呵！青春不再！”

这让我看到有点高兴也有点伤感。

高兴的是，老了，那证明我不是个妖，我是个很正常的人。

伤感的是，突然让我怀念起那段属于青春的我们一起走过的岁月。

时间真得如流水一样飞快。

恍惚间，毕业已经这么多年了。

怀念 204 宿舍里为胡办的第一个生日晚会及那晚幼稚却让人捧腹大笑的自编节目。

怀念大姐虹家的饭以及虹爽朗的笑。

怀念毕业后没有见过一次面的与我同姓的丫丫，还有她有一段时间吃得补脑液。因为瓶子的颜色就像是有毒的农药瓶，而她也常把瓶子放在床头，所以我们开玩笑叫她千万要想开点。

怀念芳的妈妈送到学校的她家乡的霉干菜的味道。

怀念八哥善良的油腔滑舌。

怀念我挽着胡一起走在校园里或是街上的那种安全感和幸福感。

想念虹，想念芳，想念胡，想念萍，想念丫，想念严，想念华，想念八哥，想念老班，想念我的师兄，想念我的师弟，想念所有的同学。

多年以后的今天，我想念你们昨天的微笑，但我更想看到你们今天的微笑。

青春。年轻的字眼。如烟花，灿烂而短暂。它只是年轻放肆的享受。所以，在我慢慢变老的同时，被我渐渐地淡忘。

因为，我觉得，人生如果是一本书。青春只不过是人生最精美的扉页。

而慢慢变老的过程就是堆积人生这本书饱满的内容。它是用来体会生活和领悟生命的。它如茶，慢慢品，细细闻，你才能品味出它独特的味道。这就是幸福。

而今天的突然想念，也是一种幸福。

阿花

文 / 花猫大哥

上午接到阿花电话，他在电话那头幽幽地告诉我：“哥们儿后天就要结婚了。”语气平静得近乎有些哀伤，仿佛欠自己钱的朋友突然人间蒸发，再也找寻不见。阿花是个聪明人，他自然知道结婚意味着什么，一些东西将纷至沓来，让你应接不暇，而另一些东西却将随风而去，再也难觅踪影。

阿花是我的高中同桌。在我印象中，他头发一直纤尘不染，齐整有序，衣服上没有任何污渍。实际上，他是有些洁癖的。有时上课期间，他甚至会拍打自己的衣服，生怕沾染了尘土。吃饭时，也是双腿叉得很开，身体离餐桌极远，以免饭菜不慎掉落在身上。他随时怀揣着一面小镜子，吃完饭，便揽镜自照，查看自己的脸是否干净如初，头发是否依然有序。

阿花长得很漂亮。漂亮一般形容女人，不过用在阿花身上亦恰如其分。他皮肤白皙，身材绝佳，又有着一双炯炯有神会放电的大眼睛。幸亏他脸盘儿也不小，不然这么大的眼睛要挤得其他四官无处容身了。阿花的眼睛始终水汪汪的，眼波澄澈如镜，似一湾湖水般幽深，这也是他极其引以为豪的。

高一时，他曾写情书给艺术班的一个女生，后来该女生竟然找上门来。阿花心情激动，以为好事就要降临，极力掩饰着激荡的内心，故作从容地走出教室，用他那双会说话的大眼神盯着自己心目中的女神。不料女神竟当着他的面将情书撕得粉碎，径直扬长而去，只留阿花呆怔在原地。

实际上，阿花喜欢过很多女孩子，不过写情书的似乎只有这么一例。尽管如此，他还是落得了“采花大盗”的恶名，虽然这与事实明显不符，可在枯燥繁重的学业中，大家太需要一些新鲜有趣的谈资了。没过多久，“阿花”这个绰号就叫开了。

阿花颇有姿容，走路娉婷婀娜，款款轻摇，有少女风韵。有时我实在忍受不了，就揶揄他：“你能爷们儿点吗？”每每此时，他只是笑笑，不发一言。

阿花聪颖过人，悟性极高，且有过目不忘之功。鲜见他上课时认真听讲，但他成绩却一直不错，这让我们啧啧称奇。他上课不专心倒不是注意力无法集中，而是沉湎于武侠小说不可自持。他经常从校门口的二手书店租借武侠小说，并以三天一本的速度“以旧换新”。他将抽屉里的所有课本全都搬到桌上，摞得跟小山头似的，小山背后躺着他那本武侠小说，所以他从来不担心自己被老师发现。阿花不仅热衷武侠，情色小说亦读了不少。读到精彩处，便直接把该页撕扯下来，以备日后回味之用。

阿花经常踢球，司职中后卫。别看他体态轻盈，似乎弱不禁风，但踢起球来却十分生猛，是一员难得的悍将。他经常一个大脚，就可将皮球直接交给对方门将，开大脚的功夫由此可见一斑。

大学时，由于皆在省城，常聚。毕业后，我曾有过一段居无定所、食不果腹的艰难时光。那时阿花正在郊区一栋民宅里安心复习研究生考试。由于家境殷实，他自然不用为生计发愁。我在他那住了一段时间，蒙他救济，才没有沦落到露宿街头的田地。这一点，我感念至今。

由于面容姣好、能说会道，加之家境殷实，阿花从来不缺女朋友。他在大学里交过多少女友，我不得而知，反而印象中是极多的，凑成一支足球队应该不是问题。不过阿花认为自己很专一，因为他从来不同时跟两个女孩谈恋爱。毕业后我跟他厮混的那段时光，恰好是他跟上任女友告吹，而还没开始谈下任女友的间歇时期。

后来我离开济南来京，赴京之前，我俩吃过一顿饭，印象中那应该是最后一次见面。来京后，联系渐少。只知他两次考研失利后，找了一份普通的工作，至于做什么，我不得而知。亦没听其说过再谈女朋友，以我对他的了解，他是不甘于寂寞的。不过今天突然听到他结婚的消息，我还是感到惊讶。

莎士比亚说：结婚意味着青春的结束，人生的开始。拜伦则说，一切悲剧以死亡告终，一切喜剧自婚姻结束。婚姻生活自有生命中不可承受之轻，但也有其乐。或许，负重前行才能留下足够清晰的印迹吧。

遥祝他婚姻幸福美满！

日出而作，日落而息

文 / 花猫大哥

“日出而作，日落而息”是远古时代人们的生活方式。那个时候，娱乐活动极不丰富，白天为了生计奔波，等到太阳沉落，便要休息。国庆期间，在家待了几天，对这八个字有了更深的理解。

在家这几天，晚上九点多便要入睡。原因很简单：没什么娱乐活动。吃罢晚饭，全家人坐在一块儿聊聊闲天，等聊到差不多的时候，便要就寝。

早睡自然得早起，这也是养生法则。一般说来，农村的人大多比较长寿，除了环境没有城市的那般污染之外，我想，跟这种“日出而作，日落而息”的作息制度有很大关系。

在大城市就不然了。城市娱乐活动丰富，人们很少早睡。娱乐活动的产生源于人们巨大的生存压力。从某种程度上讲，娱乐活动让我们得到了暂时的快慰，但我们的心灵却没有变得更为丰盈富足。其实，过多地参加娱乐活动，恰恰反映了我们内心的浮躁和空虚，以及面对这个世界时的无能为力和对自己的怀疑：我们无法通过自己内心的力量让自己与这个世界和平共处，于是，便求助于种种娱乐活动。

老子说：“五色令人目盲”，在灯红酒绿、霓虹闪耀的都市，越来越多的人迷失自己，或许就是这个原因吧！从某种角度说，这个世界给予我们的太多，很多东西我们不需要；从另一个角度来讲，这个世界给予我们的又太少，我们往往得不到自己想要的。

记得原来看过一句话：“成熟的一个标志是学会拒绝”，这个拒绝也包括对浮华的拒绝。无论何时，退回自己的内心，反躬自省，默观这个世界，是了解自己也是了解真理的一种很好的方式。

一个苦逼文案平凡的一天

文 / 花猫大哥

7：00 闹钟响，按掉，再睡十分钟。

7：10 闹钟又响。麻痹，还让不让人睡觉了？！

7：15 起床，快速洗漱。

7：25 出门。

7：30 在楼下吃了一碗所谓的 100% 纯猪肉馅的馄饨。

7：40 赶到地铁站，等地铁。

7：45 等地铁。

7：50 依然等地铁。北京赶地铁的人太他妈多了。

7：52 挤进地铁，双脚悬空。

7：55 掏出手机，戴上耳机，听着音乐，看当天的新闻，看空间、朋友圈，微信订阅号文章。

8：05 到达换乘车站，开始换乘。

8：07 行走在换乘通道中。

8：10 行走在换乘通道中。

8：13 被后面的人挤进地铁，双脚继续悬空。

8：27 到达公司，打卡签到。送给前台小姑娘一个迷人的微笑，她不予理睬。

8：30 打开电脑，泡上一杯茶，开始工作。

8：35 电脑终于打开，开机速度击败了全国 1% 的电脑。Shit！

8：38 登 QQ。

8：40 收到一个好久不联系的朋友发来的信息：“好久不联系，最近还好吗？”快速回复：“老样子。你呢？”“我也那样。”聊天结束。

8：45 突然有些躁动，觉得很有必要抽支烟。

8：47 走廊抽烟中，抽了两根。

8：50 回到座位，开始制订今日工作计划。

8：55 计划制订完毕，开始执行。觉得执行之前有必要找找灵感。

8：57 走廊抽烟中，抽了两根。

9：05 写稿。

9：10 我已经对着屏幕发了 5 分钟呆了，没灵感啊。觉得有必要再去抽支烟，搜寻灵感。

9：15 走廊抽烟中，抽了两根。

9：20 下楼买烟中……

9：30 回到座位，继续写稿。

9：35 打开了京东网页。我他妈在干什么？我不买东西啊。关掉网页，写稿。

9：50 打开了新浪体育频道，看赛事新闻。

10：00 在自责中，关掉新浪网页，埋头写稿。

10：20 剪指甲。

10：30 剪指甲结束，进入掏耳朵阶段。

10：35 自责工作不认真，继续写稿。

11：30 稿件终于写成，甚为自得。发与领导审阅。

11：50 被领导叫到办公室，我已经做好了聆听表扬的准备。领导挠挠头，说道：“宝强，稿子写得确实不错，只是……”

11：55 回到座位，重写稿件。

12：00 吃饭。

12：30 午餐结束，回到座位，听着酷狗电台里的催眠音乐，开始小憩。

12：45 迷迷糊糊中，感觉有人拍我肩膀。睁开惺忪双眼，发现是领导。领导不好意思地笑道：“宝强，这稿子很急，可能要耽误你的午休时间了。”

法克。

12：50 去洗手间洗脸、抽烟，以提神。

12：55 开始重写稿件。麻痹，没灵感啊。正打算点开遨游哈哈看笑话，发现领导站在我身后。尼玛！还让不让人愉快地工作了？！

14：00 稿件写成。发与领导。

14：10 被领导叫到办公室，他笑眯眯地告诉我，稿件写得十分出色。出色？我觉得写得像狗屎，甚至不愿再看一眼。

14：15 走廊抽烟中，抽了两根，发呆。

14：30 开始赶写另一篇稿件。为了不重蹈上午的覆辙，详细询问了领导的意图及写作角度。

14：40 走廊抽烟中，抽了两根，为接下来的写作寻找灵感。

14：50 开始写稿。

14：55 收到初恋女友的 QQ 信息："你最近还好吗？我想你了。"关掉信息对话框，继续写稿。

15：00 有些神思不宁，难道她生活得不幸福？她不是嫁给了一个公务员吗？不管她，继续写稿。

15：15 她到底什么意思？难道她想吃回头草？嘁。晚了！哥已有家室，纵然曾经对你百般迷恋，也已尽成旧迹。

15：30 她到底什么意思啊？决定问问她。回复什么好呢，思忖半晌，决定打一个问号过去。

15：40 看了看桌面右下角的小企鹅，没有跳动。

15：50 小企鹅依然没有跳动。你他妈在逗我吗？

16：00 小企鹅终于跳动了，极力掩饰着自己激动跳跃的心，装作漫不经意地点开。是她！点开，一句话赫然映入眼帘："不好意思，发错了。"尼玛！

16：10 走廊抽烟中，抽了两根。

16：20 回到座位，开始写稿。

16：30 突然文如泉涌，连抽烟都忘记了。

17：20 稿件写成。发与领导。

17：30 被领导叫到办公室，他冲我竖着大拇指说道："宝强果然好文笔！"当然，一如从前，我觉得写得很狗屎。说来奇怪，我按照自己的思路写就，自己觉得满意的文章，领导往往看不上。我想，这就是为何我当不了领导的原因。

17：35 收拾东西，下班。

17：40 走出办公室，出门前给前台小姑娘一个迷人的微笑，她依然不予理睬。

17：50 赶到地铁站，等地铁。

17：55 等地铁。

18：00 依然等地铁。这下班高峰期的地铁，我也是醉了。

18：02 挤进地铁，双脚悬空。

18：05 掏出手机，戴上耳机，听着音乐，看新闻、空间、朋友圈，微信订阅号文章。

18：15 到达换乘车站，开始换乘。

18：20 行走在换乘通道中。

18：25 行走在换乘通道中。

18：28 被后面的人挤进地铁，双脚继续悬空。

18：40 到家，做饭。

19：40 晚餐时间。

20：30 刷碗。

20：50 躲进厨房抽烟，抽了两根。

21：00 看书。

21：10 打开微信，看朋友圈。

21：25 责怪自己看书不认真，继续看书。

21：50 看美拍搞笑视频。

22：20 看 QQ 空间好友动态。

22：30 打水泡脚，一边泡脚，一边喝茶，一边看书。

23：00 上床睡觉。

23：10 胡思乱想中。

23：15 感怀光阴飞逝，叹息梦想遥遥无期。

23：20 叹息持续中……

23：30 难道我一辈子就这样了？不甘心中。皱眉想出路。

23：35 思索未来的打算和出路……

23：45 继续思索出路……

0：00 数羊中。看来睡前真的不宜多思啊。

0：20 数羊中……

近思录

文 / 花猫大哥

每个人都是自己的艺术家，都在努力让自己的生活变得更美。

最大最深的抱怨蕴含在极度的洒脱与超然中。

你是我很久之前的一个梦，那时你我都还没有出生。

大自然是我们的母亲，生活是我们的父亲。母亲宽容，父亲严厉。母亲温柔，父亲苛刻，它们唯一的相似之处就是常常用无言的静默告诉我们一些隐秘的真理，让我们褪去青涩，迈向成熟。

我像蜘蛛一样织了网，把自己困住，成为自己的美餐。

我要不断长高，长得老高，用脑袋把天捅个窟窿，看看天外面是个什么世界。

夜太黑，我看不清自己的梦。

我心的钥匙面对世界之锁无能为力，因为无论是锁还是钥匙都已是锈迹斑斑。

我坠入了爱河，可我忘了自己不会游泳。

最强烈的爱一定来源于孤独或是绝望，而不是爱情。

苦闷，是由于没有找到适合自己的生活方式。

老庄教给我们的是一种处世心态，而不是处世方法。

世界上没有不适应社会的人，只有不适应自己的人。

最有意思的事情总在幻想之中，一旦真去做了，大多无趣得很。

理想在天上，也在脚下。它在天上，所以它渺不可及；它在脚下，所以被很多人践踏了。

曾经以为离开你就能获得自由，像鸟儿自由自在地飞翔在天空之中。现在才发现，你就是我的双翼，没有你，我想飞都飞不起来。

世界是坨屎，我是一只狗。不吃，饿得慌；吃了，又恶心。

厚重的沉到水底，轻浮的漂在水上。

艺术最大的敌人就是矫情和做作。

有些人受人误解比被人了解还要高兴。

人生如梦，我在梦游。

有些人还没有出生就已经死去。

万有引力可以很好地解释：为什么人积极向上很难，而堕落却很容易。

丧失纯真才能达到成熟，正如花朵脱落才能结出果实。

假如我死了，就让这句话作为我的墓志铭吧：我曾在漫长的时间长河里拉了一坨屎。

我像一朵快要败掉的花儿，渴望着在枯萎之前被你采摘。

我生下来时很健康，但现在我变成了聋子、哑巴、白痴和疯子。

活着是一种黑色幽默，苍凉中带着凄冷的笑意。

你是我永远不愿醒的梦。

我能想到的最浪漫的事，就是和你一起数钱玩。

路人的心事，漫天的繁星最了解。

真理被说出之前就已经是真理，在遇上你之前我就已经爱上你了。

醉酒后常生冥想，清醒后归于虚空。
有时，凌乱的冥想比清醒的思考，更接近现实的本质。

黑夜是寂寞者的狂欢，是失眠者的地狱，是理想主义者的幻想盛宴。

我最大的梦想，便是帮你实现梦想；我最大的快乐，就是让你感到快乐。

含蓄是这样：本想隐藏什么，反而说出了更多。

诗歌是我们献给世界的一把匕首，或是一束鲜花。

世界上最近也最远的距离，就是心与心的距离。

我们的心灵不宁静时，我们总会通过种种方式，让身边的人心灵也不宁静。

面对误解时，理性总想解释，自尊却总阻拦它。思想看着这一切，默不作声。

有时需要有这样的自信：我没有任何错，如果我感觉自己错了，那一定是我的感觉出了错。

我们始终无法理解彼此，我们只是在自说自话。

人生有两大悲剧，一是无知，二是偏执。最要命的是，无知的人一般都很偏执。

骄傲的人无法容忍自己的愚蠢。

最真实、最纯粹的情感最不易写出、道出。

小的痛苦可以找人分担，大的痛苦只能独自承受。人的孤独感正来源于此。

好文章有三大因素，最重要的就是格调气度，其次是通篇布局，第三才是语言组织。

当你默然不语时，我感觉离你最近。

文字无所谓好坏。经过一定的排列组合才呈现出好坏。好的作品总能让文字找到最适合自己的位置。人生或许亦如是，我们都在努力找寻一个最合适的位置将自己安放。

假如有来生，我愿做一颗腐烂的种子：不生长、不开花、不结果。我将永远与泥土为友，在黑暗中倾听蚯蚓的浅吟低唱。我将沉沉睡去，怀抱着千年古梦。

每天零点我都会抽支烟。弹落的烟灰象征着死去的旧日，闪烁的烟头则仿佛出生的新天。

好多梦想拿起又放下，好多人想起又忘记。

蚯蚓在阴暗潮湿的环境中待久了，如果钻出地面见到灿烂的阳光，必会骂一句：这天气真是太他妈糟糕了！

一般来说，美有两种，一种让人想要占有，如美食、美色，另一种只供人欣赏，如美景。当然，还有一种美，让人敬畏。

天使只在两个时候降临人间，一是清晨，二是黄昏。

死心塌地可以这么解释：只有对某些东西死心了，才能脚踏实地地生活。

我们都渴望遇到生命中的贵人，却时不时地遇到贱人。

很多话，不说，难受；说了，又矫情。

我们沉默着坐了许久，却读懂了彼此的心事。

真正的爱必有残忍的成分。

我们是自己拥有的东西的奴隶，因为我们害怕失去它们；我们也是自己没有拥有的东西的奴隶，因为我们在追求它们。

总有一些不安定的东西隐匿在我的心底，像一颗种子，渴望长成参天大树。

所有人都渴望快乐，但并不是每个人都有制造快乐的能力。

与其他能力相比，这种能力更为重要。

尤其在这个戾气越发深重的时代。

我们是一辆车，才干和意志是拉车的马，而性格和思想就是驾车的人。我们要走一条什么样的路，能走多快，走多远，全由它们四个说了算。从某种意义上讲，我们既是车，也是马，也是驾车人。往大了说，我们还是路和路旁的风景。

随着时间流逝，每个人都会对这个世界有一套自己的看法。这些从所谓的挫折或甜头中得到的看法，一方面帮助我们避免以后走所谓的弯路，另一方面却限制了我们的行动。

年少时，总觉得自己在某些方面有过人之处。于是，把它当作梦想。

理想不是一种职业，而是一种精神状态。

无论你如何苍老，在我心里，你永远是年轻时的模样。

任何事情，只有在你发自肺腑地想做时，才能发现其中的意义。

我中你毒太深，需要一辈子来解毒。

要想被这个世界认可，得先认可这个世界。

我对你的爱既纯真又火热，像个孩子，又像个疯子。

一个人的不幸程度，是与他对不幸的理解所决定的。

你寂寞的身影被夜色吞没，仿佛如水的月色消失在黎明中。

早上一阵大雾，城市像个蒙着面纱的新娘。太阳像是新郎，把她的面纱缓缓摘掉。

天空不曾给予鸟儿什么，鸟儿却在天空中自在飞翔；黑夜不曾给予群星什么，群星却在黑暗中悄然闪光。

很热切的一些话，一旦说出口，就被风吹凉了，再没一点儿温度。

没有比抱怨更容易的事了，在我们抱怨这个世界之前，想想我们为了它的改变做出了多少努力。

天空里飘过一片云，就像我动荡不安的心。

孤独是这样一种感觉：希望被人了解，但不希望被人过多了解。

每年春节，在外浪荡且混得一般的游子回家总会有两种感觉：近乡情切和近乡情怯。

之所以没有过上想要的生活，是因为现在的自己还配不上那种生活。

要深入生活，但不能深陷其中。

恋爱中的人能从对方的寻常言止中看出爱的味道。

有时感到心无所系，有时又感到有太多东西缠萦。

有些东西想要走进我心里，有些东西则想要逃出我的魂灵。

让心门半开半掩，开是为了消解孤独，掩是为了保持自我。

你的眼睛是一片海，藏着我期许的所有未来。

人就像一张琴，如果脑子里少根弦，有些旋律永远弹奏不出。

格调气度如水，文章则是水上之船，水涨才能船高。

水从沟渠中缓缓流过，打湿了小草的衣裳。

肮脏的水没有资格对杯子的干净与否作太多要求。

喜剧和悲剧都通向正剧。

人生如荒漠，幽默、浪漫、想象力和爱则是绿洲。

你的思想就是你的偏见，你的喜好就是你的枷锁。我没有自己的话语，却与真理毗邻。

世界是一片湖，我们不过是掠过湖上方的鸟儿罢了。所有的成就和功业只是水中倒影。

人生如长跑，世界与我不在同一跑道。

每个人都是一个影子，在阳光里才能找到自己。

你无法或不愿改正的缺点，生活将以它自己的方式帮你改正。

追求一个女孩，被拒绝却依然不肯放弃，有两种可能。一是占有欲和征服欲，二是爱之强烈深沉。大多数是前者。

我自言自语了很长时间，世界却听到了我的声音。

有时，一句简单的言语、一个简单的想法或行为背后，往往藏匿着复杂的原因和动机。

我在夏天吹着春天的风，感受着秋的落叶和冬的冰雪。

你飞翔在我黄昏的天空，我听到你振翅的声音，却看不见你。

新生和死亡是一对亲密兄弟，他们形影不离，一起执行任务。

欲望经常穿着理想的衣裳裸体行走。

短篇小说的写作如同恋爱，长篇小说的写作则像过日子。

基本的信息可以让我们了解世界，过多的信息则会扰乱我们的心智。

真正自由的人，从不要求世界和他人给予自己什么。

小说

夜游神仙府

文 / 花猫大哥

1

晚上洗漱完毕，正欲睡去，忽听有人敲门。开门，见门外站着一个30多岁的中年男人，他眼神忧郁，胡子拉碴，一身古人装扮，“跟我走一趟吧！”他不紧不慢地说道。

“可是我不认识你。”

“前段时间，有个老人在路上跌倒，你是不是主动搀扶了？”

“对，有这事儿。”

“那就对了，你此事深得命运判官的垂青，觉得你人品端良，想宴请阁下，特派我来相邀。”

“我凭什么相信你？”

他笑了笑，把我的出生年月，过往经历悉数说了一遍。“我说得没错吧？”

“这些东西我的朋友全都知道，你说不定从谁那打听的呢。”我依然对他的话将信将疑。

“那好，说点儿只有你一个人知道的事情：小学时，你偷过邻居家的鸡，自己跑到野地拔毛烧烤；初中时，你把一只青蛙悄悄放进语文老师的衣服口袋里；高一时你给班里一个女生写了封情书，可写完后不敢给人家，跑到厕所默默撕掉；大学时，你趴在女生澡堂窗户上……”

“可以了！我跟你走！”我打断了他。

后来我才知道，此人名叫石仁，是命府（命运之府）的管家。

2

大约走了半个小时，我俩来到一处热闹繁华地。但见灯火璀璨，夜明如昼，街旁房屋皆是古式风格，淡雅朴拙。只是街上冷冷清清，并无人迹。正疑惑，忽听石仁说道：“到了。”打眼瞧去，我俩已站在一处古宅门口，宅第琉檐璃瓦，辉煌大气。门上用楷书写着“命府”，门外摆着两个石狮子，威武雄浑（后来石仁告诉我，石狮子是从卢沟桥偷来的。此事不细表），门旁左右各站一门童。

“女人头发三丈长。”左边门童忽然蹦出这么一句话来。

“转眼七天不梳妆。”石仁不紧不慢地回道。

“只因化妆品太贵。”右边门童开口了。

“何人敢堕温柔乡？！”石仁对道。

门童放我们进去。

“你们这儿还有暗号啊？难道他们不认识你吗？”我好奇地问道。

“认识啊！不过我们有规矩，进出府第必须对暗号。死性得很，极难变通。”

四句暗号是命运判官所写，据说这是他写的最好的一首诗了（可以想象他其他的诗作是何面目）。写完后，命府上下无不称赞，一致认为此诗有白居易简易平实之风。只有长工刘小刀不以为然，当面嘲讽此诗。石仁曾背后问过小刀，为何不说此诗好，小刀冷冷直言：“因为我要辞职了。”石仁赧然，无言而退。

小刀离开了，他省去了每天学习《化妆品贵》这首打油诗精神的麻烦。而这，正是留下的人当中，每天的必需功课。

命运判官《化妆品贵》诗歌既出，全府上下立刻掀起了学习此诗精神的热潮。厨师王二狗曾表示，判官此诗写得平易真挚，没有任何虚饰的成分，显示了判官的为人做派，这对于自己做好厨师的本分工作有着重要的指导意义。“做菜要少油少盐，不要添加过多作料，反而会影响味道。”这是王二狗学习《化妆品贵》的最大收获。

这样聊着，不觉已来到正堂门前。正是深冬季节，府内梅花开得正艳。梅花随风轻摇，颇有韵致。见此情景，石仁不禁吟道：“遥想去年花放时，红颜携手对花枝。盈盈娇笑今何在，黯黯无言持酒卮。”吟罢怅然无语，半晌凝睇。

这是石仁的原创诗作，与命运判官的打油诗《化妆品贵》相比，此诗无论是用词，还是意境，都超出太多，而且非常合乎韵律。不过自从知道判官喜欢作诗且了解了判官的诗作水平以后，石仁再不作诗。显然，他是一个聪明的下属。

3

进正堂，发现一个50多岁的男人正坐在桌前悠然喝茶。他满脸赘肉，体态臃胖。石仁拱手禀报，神情恭敬："判官，宝强来了。"

男人点了点头，转头对旁边的一个侍从说道："吩咐开饭。"

他就是命运判官。

菜很快就上齐了，饭菜异常丰盛。不过由于离家时我刚吃过饭，因此食欲并不强劲。判官见我有一口没一口地吃着，笑道："看来饭菜不合兄弟胃口啊。"

我连忙解释自己刚吃过饭。判官听罢，轻笑不语，半晌，似乎想起什么，转头吩咐："把宝强的个人手册取来。"

个人手册？我心里一惊，难道我之前的所作所为皆记录在案？想想恐怕是的。因为石仁之前曾面陈我的经历，甚至一些不为人知的事，他都知之甚详。我开始在脑子里快速回忆自己这27年的所作所为。这27年，我虽没做过什么大恶，但小恶还是做过不少的。想到这儿，我有些忐忑不安。

手册是放在一个牛皮纸袋里的。判官将纸袋放在肘下，转眼望着我，笑道："宝强可知这里面都是什么内容吗？"

我摇了摇头，打算跑路溜掉。回头瞥了眼正堂门口，见四个侍从手持刀棒，巍然立其左右，正目不转睛地盯着我。尼妹！

命运判官先拿出一张名片大小的小卡片来，端详良久，笑叹道："宝强，这是你现在的优点。经过你27年的挥霍，目前就剩下这么点儿了。你看看。"说罢，将卡片递与我。

我起身接过卡片，上面写着四个字：“真诚，善良”。难道我现在只剩下这两个优点了吗？我陷入沉思，准备再找出第三个优点来，但在脑海中搜寻了半天，毫无所获。

接着，判官又拿出一本极厚的书，“这是你27年来所有的经历，我们之所以能知道你的经历，皆是缘于此书。此书没有作者，每当你做一件事时，此事会自动记录在书里。这本书你不用看了，你对自己的经历肯定很清楚。”说完，又从纸袋里掏出一本薄薄的小册子，“我最感兴趣的是这个，你看看”。

我起身接过册子，见封面上赫然写着五个大字：丢弃的行李！正疑惑，耳边传来判官的声音：“人生就是一次远行，我们带着诸多行李，跋涉千里。成长的路上，我们会觉得一些行李毫无必要，为轻装简行，将之舍弃。很多时候，他们所丢弃的，是人生中最重要的东西。”说到这儿，判官轻轻叹了口气。

我默默听着，若有所思。翻开册子第一页，发现“英俊”俩字被勾掉了，只是勾痕极浅，不仔细看很难看出。“这是？”

“你是说英俊吧？”判官笑道。

我点了点头。

“你出生时的相貌，是吧，想必你是比较清楚的，跟英俊俩字相去甚远。所以，打你一出生，英俊俩字就被勾掉了。”

“那为何勾痕极浅，甚至几乎无法辨出？”

“你出生时，确实并不英俊。但是容貌也是可以改变的。18岁之前的相貌是父母给的，而18岁以后的相貌则是自己修成的，所谓相由心生即是。”判官端起桌上的水杯，喝了一口，把水杯放下，继续说道：“你18岁之后，广读诗书，同时努力修炼做人做事。现在的你，虽然事业上无甚所成，但在心智成熟和做人做事上，较之以往都有极大的进步。根据相由心生的道理，所以‘英俊’俩字虽然勾掉了，但在你看来，勾痕极浅，甚至难以辨出。”

我恍然大悟，接着翻阅册子，发现15岁之前册子一片空白，敢情这段时间我没丢弃什么重要的东西，一时有些自得。接着翻到15岁，看到“斗志”

俩字被勾掉了。15 岁？那时我正读高一。

高中时，我虽努力上进，但大部分时间里都是浑浑噩噩。想到这儿，不禁有些惭愧。

继续翻阅册子，翻到 18 岁时，“平和”一词被勾掉了。那时，我正读大一，愤世嫉俗，对社会强烈不满，心态严重失衡。

翻到 22 岁时，“现实”一词被勾掉。那时我刚刚大学毕业，脑子里满是幻想，不肯找个踏实的工作，也拒绝融入生活。我四处闲荡，无所事事，不但不以为耻，反而引以为荣。想到这儿，我轻轻叹了口气。

24 岁，“理想”被勾掉。我虽然怀抱着某种美好的梦想，但一直没有为之努力奋斗。我想追求自己的理想，但发现自己力量太过微弱。而屈从于现实生活，又非我所愿。这也是“现实”与“理想”先后在我手册里被勾掉的原因。不过，当失去了现实与理想后，我的生活还剩下什么呢？

25 岁，“责任感”被勾掉，不过勾痕比较轻浅。我无法按照自己的心愿生活，又不想按照世俗的方式行事。我在责任感和理想之间徘徊游荡，最终止步不前。至于勾痕轻浅，想必是最近几年，我开始融入生活，慢慢有了些责任感的原因吧。

后面的全是空白，我知道，这些空白等待我来填写。

我不知道在漫长的人生旅途上，我还将丢弃什么东西。唯一可以肯定的是，今后所丢弃的东西必将远远超乎之前。

合上册子，我思绪茫茫，陷入幽思。

“今天让你过来，宴请只是一个幌子而已。最主要的是，想让你看看你之前走过的道路。理性地回顾过往，才能更好地把握当下。马上就新年了，或许这是我能给予你的最好的新年礼物。”判官笑道，说罢，端起茶杯，抿了一小口，凝神望着窗外，不再说话。

那顿饭吃了没多久，就散了。石仁将我送到门口，就径直回去了。我没有喝酒，不过却有些微醉。我思绪渺渺，身心疲惫，内心空茫而苍凉。行至一棵大柳树下，我忽感体力不支，于是暂停赶路，坐在树下休息，不知不觉竟睡着了。

一阵急促的闹钟划破了我的睡梦，睁眼一看，发现自己躺在床上，敢情之前都是幻梦一场。妻子在旁边正睡得香甜。我推醒她，“我刚才做了一个梦”。

“什么梦？”她睁开惺忪的双眼，笑着问道。

于是，我把我在命府遇到的事全都讲给她听。

我爸是有钱人

文 / 花猫大哥

1

我到家时，父亲正坐在屋里吧嗒吧嗒地抽烟。那时，夕阳正沉落下去，晚风有一阵没一阵地吹着。我把行李放下，坐在他对面，等待父亲开口。

昨天父亲给我打电话，说有急事，让我立刻回家。他在电话里含糊其词，并未说是何事，但要我放心，家里一切安好。

父亲扔给我一支烟，把火柴推给我。他抽烟一直用火柴，即使有火机也不用。

我接过烟，打开火柴盒，取出一根火柴，点烟。

“你在北京混得怎么样？”父亲吐出一口烟圈，盯着我，不紧不慢地问道。

老套的问题。

“瞎混。”我敷衍道。

父亲点了点头，没有再说话，只是抽着烟望着窗外出神。

我抽着烟，陪他一起沉默。天色渐昏，院落里依稀有鸟儿掠过。

“有件事，我和你母亲瞒了你 28 年。现在，是时候告诉你真相了。”父亲率先打破沉默。

闻听此言，我虎躯一震菊花一紧。您可千万别告诉我，我不是您亲生的。这种狗血的剧情不会发生在我身上吧。

“其实，我是一个有钱人。”父亲看着我，认真地说道，表情里毫无开玩笑的意思。

我垂下头：“爸，我带你上医院吧，看看脑子去。”

如此冒犯的言语并没有让父亲动怒，他笑了，笑容意味深长。

“我是个生意人，年轻时走南闯北，赚了些钱。一个偶然的机会，我来到了德州，认识了你妈，然后就有了你。从你记事起，我就经常出门在外。

我告诉你是去干装修，其实不是，我是出去打理生意。这么多年，我生意上的事从未放下。

“前几年，我在苏州置办了几处房产，现在我打算把其中一处送你。之所以选在苏州，是因为我年轻的时候曾在那里待过，印象很好。苏州是一个很不错的城市，生活节奏也不快，适合居住。而且颇有底蕴，相信你会喜欢的。

“我知道你的疑惑。为何父亲有钱自己却从来不知道。我一直觉得，男孩得穷养，否则不知道奋斗。这也是我和你妈瞒着你的原因。

“我现在之所以把真相告诉你，是因为你在社会上已经奋战了六年，却毫无所成。穷困生活磨砺了你的品性，却也让你失去了很多机会。我也是最近才明白了这个道理，并为此恨恨然。或许确实不该瞒你，但事已至此，无法回头。现在我决定尽自己最大的能力，去帮助你，让你去实现自己。你骄傲的自尊心不会抗拒吧？”

我依然垂着头：“爸，医院脑科，现在咱就去。”

父亲笑着轻叹一声，他歪了歪身子，掏出手机。

“小李，明天早上 7 点到我家……对，开车。”

2

当那辆大奔出现在我面前的时候，我依然没有完全相信父亲的话。在我的将信将疑中，汽车沿 101 省道一路向南，经禹城驶上京沪高速。

抵达苏州时，已经是下午六点了。汽车在苏州城里左拐右绕，在一栋别墅前停了下来。

“这里不是苏州最热闹的地区，我也知道，你不是很喜欢热闹。”父亲介绍说，别墅位于嵩山路北侧，北临大白荡城市生态公园，西临太湖只有 15 分钟车程。

难道我爸真是有钱人？若此事为真，那么他这 20 多年来一直都在演戏，但他却毫无表演痕迹。如果他出演电影，估计早就拿到奥斯卡最佳男主角的奖项了。

然而，这是事实。

眼前的这栋别墅古朴雅致，像一个颇识琴棋书画的大家闺秀。不像有的别墅，暴发户特征极为明显。

我站在别墅面前，心潮起伏。现在，在我的眼里，他已经不再是一个面朝黄土背朝天的老农民，而是一个让我敬佩的成功人士。

很多时候，我们就是这样势利。同样一个人，在我们不知其财富地位时，觉得此人平凡无奇，甚至不值一交。一旦了解到其财富殷实，立刻折服，恨不能与之结为至交。同时，他身上那些不起点的特点也突然变得闪光起来。

3

由于临近晚饭时间，我们直接去的饭馆。尽管父亲有钱人的身份已经明了，他依然不改朴素本性：我们进了街边一家极其普通的饭馆。

这让我开始思考一个问题。同样一个举动，有钱人与穷光蛋所阐释的含义却截然不同。有钱人去普通餐馆吃饭是低调朴素，而穷光蛋则是因为吃不起高档酒店。有钱人穿着街边买的20块钱的衣服T恤叫不忘初心，穷光蛋则是不上档次。有钱人胡子拉碴叫有艺术家气质，穷光蛋则是邋里邋遢。

我再次为自己的势利而汗颜。有一点必须承认，自从知道父亲有钱人的身份后，我对他的态度已经有了微妙的变化。

吃罢晚餐来到别墅，刚进家门，我便大吃一惊：房间里窗明几净，不染纤尘。后来我才了解到，父亲雇用了一个钟点工，每天定时来打扫房间。这是他的人生信条：房子即使无人居住，也要保持干净整洁。“好比功名不成，也不要失了凌云之志”。

父亲让小李去二楼厢房先睡了，他要跟我来一次长谈。他开门见山：“我觉得，你还是别在北京混了。北京生活压力太大，当然，这不是逃离北京的理由。你知道你很要强，灰溜溜地离开肯定不是你的性格。不过《潜伏》里有句台词说的好，‘有种胜利叫作撤退’。所有来到北京的人，都抱着实现自己理想或满足自己欲望的目的，机会有限，而人才又多，实现自己谈何容易？！跟中彩票的概率差不多。”

“这么说，你要说我消极了。毕竟中彩票完全靠运气。而实现自己却与自己的努力成正比。但你要明白，成正比只是说概率大一些，并不是说概率高。关键是，你是否具备成功的气质。什么叫气质？首先是才气。有才气和自认为有才气是两码事。你看那些参加选秀的歌手，无一不认为自己有极高的音乐才华。实际上呢？未必如此。鲁迅说，‘人最痛苦的就是梦醒了无路可走’。其实破灭的梦想不是真正的梦想，真正的梦想都是可以实现的。具体到你，你虽自诩才高，但成大事的才干却不足。你在北京浪掷五年，无甚所成就说明了这点。其次是性格。你缺乏做大事所需要的破釜沉舟的果敢与刚毅，也缺少隐忍与耐心。再次是远见。这一点你也不具备。实际上，眼前的繁杂琐乱都让你应接不暇，你根本没有精力考虑长远。第四是胸襟与气度。坦白地讲，这一点，我对你还是很满意的。”

父亲的这番话让我陷入沉思，也让我对他刮目相看。一来是因为他见解独到深刻，二来是他确实了解自己的孩子。实际上，他早已把我看得通透，这让我非常佩服。我佩服他的还不止于此。

从他刚才的一番话中我可以得出结论：父亲读过很多书。不过这么多年来，为了磨砺我的性格，他一直告诉我，他只是一个初中都没毕业的老农民，由于这老头装得极其到位，竟没有引起我丝毫怀疑，这一点，让我大为折服。

父亲没理会我的思考，继续说道：“打击自己的儿子不是我的目的。成大事的才干你虽不足，但并非没有。你需要机会，并且需要有人提携。”说到这儿，他笑了笑，“如果我早点告诉你我是生意人，或许受家庭环境熏陶，你会渐渐养成经商的头脑。骨子里，我是看不上搞文字工作的人的。文字太虚，受此影响，搞文字工作的人也总生活在梦里，活得如梦似幻。这跟做生意的实干精神完全背道而驰。尽管如此，你还是走上了这条道路。”

“说了这么多，总结起来就一句话，你并不适合北京。如果你想提高自己的生活质量，你可以来苏州生活。我把这套别墅送给你。至于工作，你不用担心，我已经联系了《姑苏晚报》的副总编，如果你愿意来苏州，他会给你提供工作的机会。事先声明，我这可不是帮你找工作，只是给你介绍一个机会。能否最终留在报社，完全取决于你的表现。”

“瑶瑶的工作你也不用担心。她不是学人力资源管理吗？我在这边有不少企业上的朋友，她想找一个像样的工作绝不成问题。当然，如果你不想来苏州，依然想在北京闯荡，那也完全没问题。我可以帮你在北京买套房子，不过我在北京的朋友不多，事业上你跟瑶瑶得自己努力了，机会也只能靠自己发现和争取。”说到这儿，父亲顿了顿，“我想听听你的打算。”

4

打算？我能有什么打算？！说实话，我不止一次想要离开北京，可最终均未成行。一则瑶瑶的父母皆在京城，她又是独生女，不想离开这儿。二来我也无法说服自己。每当萌生去意，我都会在心里问自己：“北京这么多的机会你都混不下去，去哪儿能行？！”

不过苏州的别墅确实吸引我。想到这儿，我在心里骂了自己一句：“没出息的东西！！！你他妈就不能自己奋斗吗？！”被骂的那个自己倒是礼尚往来，也回了一句：“二逼，你就不懂得踩在巨人肩膀上看世界吗？！”正当这两个自己骂得不可开交时，理性跳了出来，提醒我道：“哎，哥们，你爸不是说了嘛，在北京也会给你买房的。”对啊，父亲确实是这样说的。要知道，在北京生活，房子可是大头。如果房子的问题解决了，那生活将会少很多压力和烦恼。于是，新一轮的骂战开始了：“没出息的东西！！！”“二逼！”

见我沉默，父亲笑道：“别着急做决定，好好想想。时候不早了，坐了一天的车，估计你也累了，先休息吧。”说完，不等我回话，便径直走向三楼，睡觉去了。

父亲上楼后，我在客厅抽了几支烟，思前想后，依然没有做出最终决定。我喜欢北京，虽然这儿生活压力很大。我也喜欢苏州，尽管这个南方小城我是初次来，但我对它抱有极大的好感。苏州生活节奏没那么快，而且环境很好，非常适合居住。

我有一个习惯，短时间内无法做出决定的事情，我干脆选择不做决定，让时间定夺。这个习惯往好听了说，是洒脱率性，往难听了说，就是对自己不负责任。具体到这个问题，我就不麻烦时间老人了，还是自己做决定吧。我打算明天一大早给瑶瑶打个电话，听听她的想法和意见。

这样想着，心情豁然开朗。我决定先睡觉。由于旅途劳顿，躺在床上没多久，我就进入了梦乡。

5

本来我是打算第二天一大早给瑶瑶打电话的。她还不知道我父亲是有钱人这个事实，不过即使告诉她，她估计也不会相信。父亲装穷，只为了培养儿子坚毅的性格，这样的事报纸上虽然出现过，但在现实生活毕竟是绝少的。估计 100 个人中有 98 个人不信，另外的那俩，一个是刚刚记事的孩童，一个是精神病院正在通缉的逃跑病人。

不过这事确实是真的。令我感到惊讶的是，瑶瑶也相信了这个事实。因为她已经迫不及待地赶到苏州来了。

“瑶瑶，你怎么来了？”突然看到她，我有些吃惊。

“来什么来？儿子又尿了！这是尿布，快去洗干净！”说完把尿布往我手里一塞，揽过孩子开始喂奶。

我环顾四周，发现是在北京的家里。我操！这怎么可能？！我明明是在苏州的。怎么会在一刹那回到北京呢？难道刚刚的一切只是梦幻？

我拿着尿布，跌跌撞撞地往洗手间踱去，口中喃喃自语：“这不是梦，不是梦……我爸是有钱人。他在苏州有套别墅，就在太湖边上，就在太湖边上……”

纯属巧合

文 / 花猫大哥

苏阳走出小酒馆时，已是深夜。街上除了偶然驶过的汽车，非常冷清。苏阳当时喝了很多酒，因此走路有些摇晃。苏阳就是在这时接到周瑶短信的，她说："干吗呢？"

苏阳和周瑶已经分手 3 年多，在这 3 年多的时间里，他们各自过着各自的生活，互不往来。一周前的一个下午，周瑶突然开始联系苏阳。当时苏阳正坐在麦当劳慵倦地喝着咖啡。苏阳的生活并不轻松悠闲，生活表面的平静如水掩饰不了它深处的汹涌澎湃。苏阳一边喝着咖啡一边想着晚上还要跟一个客户吃饭。这是一笔很大的生意，苏阳不知道这么重要的一笔生意，经理为何要交给他。苏阳工作努力，但业绩平平。苏阳涉世未深，不懂人情世故，对陪客户吃饭喝酒更是一窍不通。苏阳喜欢随意自然的感觉。苏阳跟朋友喝酒时就是这样。谁也不敬谁，只是自斟自酌，偶尔交谈几句，如同石子落进河水一般，迅速归于平静。

当时苏阳就坐在麦当劳靠窗的一个位置，看着窗外的行人茫然地走来走去。然后这时，苏阳手机铃声响起，他拿起手机，看到一个陌生号码发来的短信："好久没联系了，近来还好吗？周瑶。"看罢短信，苏阳陷入了长久的沉默中去。

苏阳从麦当劳出来的时候，已是下午五点多，太阳依然高高地挂在天上。然后他就看到十字路口一片拥堵，一辆警车停在那儿，警察正掏出本子记着什么。苏阳看到旁边有救护车，有人抬着担架。他隐约明白发生了什么：一辆汽车把一个女孩子撞翻在地，现在，这个女孩子身负重伤，苏阳看到那个汽车司机正跟警察低声说着什么。他摇头轻叹一声，离开了。

半个小时后，经理给苏阳打来电话说，晚上不用陪客户吃饭了。客户下午时撞了个女孩，现在还有很多事需要处理。经理说这话的时候，苏阳下意识地想起了下午的十字路口车祸现场。

现在，苏阳已喝得大醉，又收到周瑶的短信。一周前收到的她那条短信又浮现在他脑海里。苏阳不知道为何她要主动恢复和他的联系，三年来，苏阳也只是偶尔在朋友口中听到她的消息，她的幸福与否，苏阳很漠然。听说她在与苏阳分手之后，又找了个男朋友，男人大他十几岁，但两个人感情极好，经过三年的恋爱长跑，两人就要步入婚姻的殿堂。

周瑶一周前突然给苏阳发了一条短信，从那以后，她又好像消失了。现在，苏阳收到她的第二条短信。这时的周瑶正躺在医院里，一周前的一个下午，她给苏阳发完短信后不久，就在一个十字路口出了车祸。

经理跟一个小他十几岁的女孩好了有两三年了，经理的老婆知道这事，但她对此却很沉默。经理是个聪明人，他告诉那个女孩，他会离婚，会娶她。但他知道，自己永远不会离婚。女人的耐性总是有极限的，女孩经常问经理，什么时候娶她，这时，经理总是敷衍。十天前，这个女孩再次问他同样的问题，他的再次敷衍让她看清了他的真面目，于是愤怒地离他而去。一周前的一个下午，经理交代苏阳晚上陪客户吃饭。几个小时后，客户给经理打电话，说他开车把一个女孩撞了，现在还有很多事需要处理，晚上的吃饭临时取消了。那个时候，苏阳刚看完车祸现场，已摇头叹息离去了。一个小时后，经理接到医院的电话，医生告诉他，他老婆被人撞了。经理接到电话的时候很疑惑，因为那个时候，他老婆已经回到山东老家探亲去了。但他随即明白发生了什么。半个小时前，周瑶被推进急救室，医生从她的手机上找到了她最近的通话记录，在这个通话记录里，经理的号码赫然在列，里面的称呼是“老公”。

七个镜头

文 / 花猫大哥

镜头 1：苏阳

苏阳把汽车停靠在饭店的路边，他把汽车熄灭，然后拉开车门走下来。正值夜晚，霓虹闪烁，车辆来往如梭，一片繁华景致。一个乞丐坐在路边，向过往的人伸出肮脏的手。饭店是五星级的，今晚，他在这儿要跟张经理谈笔生意。

穿过豪华的大厅，苏阳来到二楼的包间。苏阳推开门时，包间里已经坐了三个人，包括张经理。一番客套，几人坐定。然后点菜，调侃戏谑中，饭已上齐。突然他接到一个电话，众人停止嬉笑，都望着他。接完电话，他神情变得有些沉重，但依然强颜欢笑。众人问他何事，他只说无事，于是喧哗笑声又起。不久，苏阳若有所思，他对众人笑着说声抱歉，要出去打个电话，于是他走出了包间，来到走廊里，开始掏出手机打电话。

镜头 2：蒋妍

阮思旷的妻子蒋妍离开他，跟一个大款跑了是在他们结婚之后的第二年。当时他在一个小县城的小工厂里上班，蒋妍实在觉得跟着他是在继续浪费青春。好在蒋妍还比较君子，没有不辞而别，两人平静地去民政局办了离婚手续。

镜头 3：苏阳的父母

阮思旷坐上 6 路公共汽车，开始向一个小镇进发。一个小时后，他下了车。开始沿着一个偏僻的小路行走。然后他看见了一个破旧的小村。他在村子里走了十分钟，踅进一个小巷子。他在一个红色的大门前，停下脚步，开始往里张望。他犹疑着走进院子，见几件朴素的衣裳挂在晾衣绳上。他确信了这是苏阳的家。年前他来过这儿，许久不来，让他感觉如有梦幻之感。

他拉开门，走进屋子，正屋里坐着一个50多岁的女人，她看见阮思旷走进来，吃了一惊，随即露出笑容："思旷，你怎么来了？"思旷回答道："我来看看叔叔，听说他盖房时，不小心摔了下来，没什么大事吧。"说着，目光转向床上。床上正躺着一个50多岁的男人，他见了思旷，想挣扎着起来，思旷赶忙跑过去，让他放心躺好。

镜头4：思旷的奶奶

思旷的奶奶重病住院了，就在县医院。正好他也在县城里上班，每天下班后，他都会过去陪陪奶奶。奶奶这次生病花了很多钱，虽然农村现在有医疗保险，但依然是笔不小的开支。奶奶这次住院，家里欠了几万块钱。

镜头5：父母的心愿

思旷说："苏阳挺忙的，没时间回来，让我来看看叔叔。"

50多岁的女人叹口气道，"他现在忙了，他为事业打拼，没时间回来陪我们，我们也不怪他。"50多岁的女人说："他爸爸摔断腿这事儿，他不让我跟苏阳说，怕他分心。但我想了一下午，觉得还是告诉他好。他爸想让他安心工作，可我想见见他，他好久没回家了。昨晚我给他打电话时，他说正跟客户一起吃饭。"

思旷回她道："苏阳现在事业有成，他是我们所有同学的骄傲。"

女人不再说什么。床上的男人开始讲话，他对思旷说："他平时没少给我们钱，我们现在也不缺钱花，其实，我们有时只是想让他回家看看，回家陪陪我们。"

思旷沉默不语，他想起了自己的奶奶。奶奶最需要什么呢？

镜头6：思旷

苏阳从包间里出来后，就给阮思旷打电话。苏阳好久没给思旷打电话了，他俩曾经是非常好的朋友，可后来不知为何，两人的联系越来越少，尽管有时过年回家，见见面，依然很亲切，但过去那种相知的感觉似乎一去不返了。

“思旷，我爸摔断了腿，我现在这边还有笔大生意要谈，不能回家看他，你帮我去看看他。”

思旷接到苏阳电话时，正坐在家里的椅子上平静地看着蒋妍收拾东西。6个小时前，他们从民政局办完离婚手续出来。

镜头7：唐晓婉

近半年来，苏阳的妻子唐晓婉老向他抱怨，说他整天忙得连陪自己的时间也没有了。她跟苏阳抱怨：“你没时间陪我逛商场，你没时间陪我看电影，你没时间陪我唱歌，你没时间听我诉说心事。我高兴时，想找你说说话，你说忙；我伤心时，想让你安慰安慰，你说忙；我跟你一起看电视是种奢望，我跟你一起牵着手在饭后散步也是种奢望，在家一起做个晚饭也是奢望。”每当这时，苏阳总是摆出一副功臣的样子：“我不在外面打拼，咱吃什么，喝什么？我不还是为了这个家吗？”

没过多长时间，唐晓婉就跟一个小白脸好上了，那个小白脸没什么正经工作，但嘴尤甜，花言巧语一套一套，很快，唐晓婉就落入了他的圈套，这一切苏阳浑然不知。

小白脸进入唐晓婉的身体时是在晚上8点左右，地点是在苏阳家宽敞的卧室里。一个小时前，苏阳打来电话，说今晚陪张经理吃饭，然后还有一些其他的活动，今晚不回家了。3分钟后，唐晓婉拿起手机，拨通了一个号码，她对着话筒说道：“他今晚不回家了，你来找我吧。”

一个小时后，当唐晓婉跟那个小白脸尽享鱼水之欢时，苏阳的母亲给苏阳打去电话告诉他父亲摔断腿之事，那时，蒋妍正在家里收拾东西，思旷平静地看着她。

我的哥哥

文 / 花猫大哥

人生就像爬烟囱。这是我哥哥告诉我的，我是在烧火时突然想起这句话的。当时母亲正在屋里揉着馒头，我在灶房里烧着火。我把大大小小长短不一的木柴塞进灶底，看着它们燃烧得越来越旺，然后我仿佛看到炊烟透过烟囱呼呼地窜入天际，然后四处飘散，我就是在这时想起这句话的。我哥哥是在两年前的一个夏日黄昏对我说起这话的。当时我复习公务员相当力不从心，我的思绪总是像风一样吹过那些枯燥的试题，却不停留片刻。然后我看见我哥哥从院子里走进了屋子，我看见我哥哥背对着夕阳，因此他的面容有些模糊。我哥哥的身影有些孤单，仿佛背后的不是夕阳，也不是光线黯淡的屋子，而是整个孤独寂静的世界。我看见我哥哥摇摇晃晃着走进屋子，他仿佛喝了很多酒，他光着膀子，他走到我面前，从旁边拉了把椅子，坐下来。这时我看清他的面庞了，他确实喝了很多酒，他眼神有些迷离，我仿佛看见酒气翻腾，在他的身体里翻腾激荡，就像开水在水壶里翻滚一样。然后我就告诉他："我看不进去。我看这些东西很痛苦。"我哥哥看了我一眼，仿佛是自言自语："人生就像爬烟囱。你现在在一个屋子里，没有门，也没有窗户，只有烟囱，你只有通过它才能爬出去，爬出了烟囱，你就能看见外面的世界，清新美丽，鸟语花香，光芒四射。爬烟囱当然是痛苦的，烟囱很脏，又狭窄，你爬的时候，可能会呼吸困难，可能要忍受很多的痛苦。但又有什么办法呢。要么就老老实实待在屋子里，要么就忍受暂时的艰辛，爬出烟囱。"说完这句话，他就站起来，摇摇晃晃地走到床边，倒头就睡。

我哥哥是个混子。他那时还没有正经的工作。他已经 27 岁了，可是还没有娶到媳妇，他似乎并不着急，可是我的父亲我的母亲却很着急。我哥哥最喜欢做的事情就是在黄昏时到村头的小卖部买上一瓶白酒，然后回家的路上，边走边喝，往往到家时，一瓶酒已经喝得差不多了。我哥哥平时是个混子，可是喝醉酒又像是个哲学家。他在喝醉酒后总是能迸发出一些惊人之语。每次他喝醉酒后，我就跑到他身边，竖起耳朵，看看他又有什么感慨要发。我哥哥曾经对我说过："人生就像赶集，那么多人挤在一起，你简直无法往前走，看似没有空间，没有位置，但只要你向前挤，总有属于你的空间。"我哥哥说这话照例是在一个夏日的黄昏。当时太阳已经落下去，暮色渐浓，微凉的风犹犹豫豫地吹来，我坐在院子里乘凉，母亲坐在灶房里烧火做饭。然后我就看到我哥哥从大门外走进院子，他照例光着膀子，依旧是酒气冲天，他醉眼惺忪地走到我面前，然后他扯着我的衣领把我从小马扎上拉起来，然后他自己坐在了上面。我看到他的脑袋垂了下去，他似乎睡着了，然后我就听见他咕咕嘟嘟，他的吐字因为醉酒的原因而略显凌乱模糊。然后我看见他抬起了头，我哥哥望着我对我说出了上面那段话，说完这话，他的头又沉了下去，我把他拖进屋子，我把我哥哥放到床上，我给他脱了鞋，我给他盖上被子。然后我就走出了屋门，我坐在我的小马扎上开始沉思。

我觉得我哥哥是个有思想的人，但我不知道他为什么要这么生活。他完全可以生活得很好，我不知道他为何衷情于这样的生活方式。我不太喜欢我哥哥，即使他喝醉酒，对我说了很多有思想的话，我也不太喜欢他。我不喜欢我哥哥还有一个原因，那就是他没钱买酒时就管母亲要，母亲不给，他就管我要。他经常趁我睡着时，把我的衣服所有的口袋都翻一遍。其实他如果只是买酒，我对他还不太厌烦。他还去赌。他经常和村里的几个不务正业的人（当然，他也属于此类）一起赌钱。但往往是赢得少，输得多。偶尔赢了，他会买瓶白酒，一些花生米，美其名曰犒劳自己，输了，他还会买瓶白酒，一些花生米，美其名曰舒缓郁闷。有一次，我正在院子里看书，然后，我又看见我哥哥从大门外走进来，他的眼角似乎有些红肿，我估计他跟人打了架。那天晚上，他早早地上床睡了觉，那天晚上，他并没有喝酒。我哥哥一直睡了好几天，几天后醒来，他就开始收拾包裹，我吃惊地问他要去哪儿，他笑着，没有回答。然后，我就看见我哥哥背着包裹走出屋门，他走出院子，走出大门。

三天后，我哥哥给家里打来电话，说他已经到了深圳，我哥哥告诉我们他要开始认真生活啦，他要努力挣钱，他要娶媳妇，他要成为全家的骄傲。我哥哥打来电话时，我刚喝了很多酒。六个小时前，小丽打来电话说要跟我分手，我放下电话的第一反应就是到村头的小卖部买一瓶白酒，一些花生米，然后我走到村西一望无际的庄稼地里，我坐在田垄上，一边喝酒，一边吃着花生米，我喝了不到半瓶酒就开始头晕眼花起来，然后我开始跌跌撞撞地往家走。

几个小时后，我哥哥打来电话说，他已经到了深圳。那时我喝了很多酒，母亲正在昏暗的灯光下纳鞋底儿。

世事如梦

文 / 花猫大哥

沈红海发了。村里的人都这么说。这事还是母亲告诉我的。当时我刚从县城下班回来。我把摩托车停在院子里，摘了头盔，提着走进屋里。母亲正在做饭。然后吃饭的时候，她就说起了这事，“沈红海在北京发了。”她说，“听说他在北京做成了几笔生意，买了车，买了房。”她说：“我早就看出来，这小子能混出来。狗子，他比你强。”

母亲说得对，沈红海比我强。我现在只是县城里一家钢厂的普通工人，每天在车间里忙得灰头土脸，累死累活，挣得微薄的薪资维持生活。沈红海发了财，我不如他。

沈红海发财的事在村子里传得沸沸扬扬，我对此事却颇为怀疑，我觉得沈红海很可能在北京混得超烂，恐怕是没面子，就放出这样的烟雾弹来迷惑人们的眼睛。但立刻，我觉得自己这是忌妒心在作祟，沈红海可能真的发了。

母亲说，沈红海在北京一度没什么正经事可干，可后来做成了几笔生意，一下子发了财。母亲说，沈红海曾经在北京穷得一度只差卖器官。母亲说，像我这样老实巴交的人是挣不着大钱的。母亲说，这年头饿死胆小的，撑死胆大的。母亲说，什么都敢做就是胆大，像我这样整天守着一份工作就是胆小。

沈红海发财的事跟胆大是否有关我不知道。但是沈红海的胆子确实比我大。小的时候，他敢下到四五米深的河里去，而我只能在岸边看着他。沈红海说：“王飞，你快下来，里面好舒服。”

我坐在岸边，看着他在河里做出各种姿势游来游去。我摇摇头，对他说：“我不会游泳，会淹死的。”

沈红海还敢到村头的苹果园里去偷苹果，他叫我去，我摇摇头，对他说：“老师说这是不对的。”然后我就在外面等着他，沈红海很够哥们，偷了苹果，总是分我一些。

上了初中，他敢跟人玩命打架，他上学时，腰里总是别着一把刀，他说那是防身用的。我曾经在傍晚时分看见他跟一个高年级的男孩子在操场上动了手，差点动刀子。他把那个高年级的男孩子打得鼻青脸肿，然后扬长而去。

高中时，我俩是一个班，有次我俩比谁胆大，他对我说："你敢不敢亲蒋妍？"蒋妍是班里最漂亮的女孩子，学习也好，家境也好。我摇摇头，对他说："我不敢。"

他说："我敢。"说完，就朝蒋妍走了过去。

当时正是课间，教室里吵吵闹闹的。沈红海跟我打赌的声音充满着豪气，当时在几个男同学的起哄下，他就真到了蒋妍面前。

我是亲眼看着沈红海走到蒋妍身边的。当时刚下了物理课，蒋妍正在沉思一道物理题，我看见沈红海走到了她身边，把右手放到她的桌子上，沈红海对她说："蒋妍，我要亲你啦，蒋妍，我也没有办法，我跟哥们打了赌，我不能丢面子。"然后蒋妍还没有反应过来，我就看见沈红海低下头，在蒋妍脸上亲了一下，沈红海亲完蒋妍，冲我得意地一笑。霎时，班里男生的起哄声从四面传来，沈红海从蒋妍身边离开，沈红海经过讲台时冲我们胜利地挥挥手，他来到我身边，对我说道："掏钱。"

我从兜里掏出 20 块钱，递到他手里。他接过钱，在空中抖了抖，在验证完钱的真假后，得意地把钱放入自己的口袋。然后，在班里男生起哄的笑声中，我看到蒋妍赌气似的离开教室。我觉得沈红海的报应来了。

果然，下午班主任就找他谈话。那是一个阳光灿烂的课间，慵懒的阳光从窗户里斜照进来，我趴在桌子上正在看一本武侠小说，然后就听见苏胖子大声笑着叫嚷道："沈红海，班主任有请。"

我看到沈红海从他的座位上站起来，他整了整衣服，气宇轩昂地走出教室。我开始猜想沈红海的命运，我仿佛看到，班主任在慷慨激昂地对沈红海训导着，沈红海一副无辜的样子，低着头站在那里，使劲揉搓着衣角，然后向班主任痛下决心，以后不再对女同学做出这样的举动。

班主任对沈红海说了什么，没人知道。但是，五分钟后，我看到他笑容满面地走进教室。我觉得，他是用笑容来掩饰内心的尴尬和惶恐。同时，我觉得沈红海以后肯定会收敛的。

但是，三天后，他再次与我打赌。当时是课间活动，我看到他在自己的座位上伸了伸懒腰，然后，他把右胳膊放到我的书桌上，侧着身对我说："王飞，你敢不敢抱蒋妍？"

我摇摇头，说："我不敢。"

他用玩世不恭的眼神瞥了一眼正在不远处看书的蒋妍，对我说："我敢。20 块钱，赌吗？"

"好吧。"我说道。

其实当时，我已经没有多少钱了，而且，我觉得经过上一次的教训，沈红海应该学会收敛才对，而且当时我还抱着另一种心理，即：即使沈红海真的亲了蒋妍，我花 20 块钱看了一场演出，也是值得的，但我马上意识到，这场演出的价格实在不菲，而且我完全可以花 3 块钱去校门口阴暗的小书店里去买一本小说，也比这来得刺激，而且，这场演出我不是唯一的观众。全班男生都兴致勃勃地观看着沈红海的表演，因此，我觉得不该只是自己掏这份钱。我对旁边的苏胖子说："你要不要参加？咱俩一人 10 块。"

接着，我就看见苏胖子的脑袋像波浪鼓似的摇了起来，他摇了一会儿，停下来，他说："我不参加。"

当时，沈红海已经走到蒋妍身边了。他环视了一下教室，发现几乎所有的男男女女都在笑着注视着他，他得到了英雄般的勇气。当时，蒋妍正完全沉浸在自己的思维世界里，没有丝毫察觉。我看到沈红海走到蒋妍身边，他对蒋妍说，"你站起来。"

蒋妍抬起头，望着他，她对沈红海说："滚！"显然，她知道，即将发生什么。

几乎所有的同学都笑了起来。沈红海嘿嘿笑着，搓着手，我看见他注视着蒋妍，一会儿，他说："你真不站起来？"

蒋妍头也不抬，对他骂道："你给我滚！"

沈红海看了我一眼，见我正满怀期待地看着他。我当时的心态颇为复杂，我既想他采取行动，又不想让自己的20块钱打了水漂。我就这样看着他。我看见他走到蒋妍身后，弯下腰，把蒋妍抱了起来。沈红海抱着蒋妍转了一圈，这时我听见蒋妍怒气冲冲地说道："你放我下来！"沈红海哈哈大笑，又抱着蒋妍转了一圈把她放下来。然后在那些感情成分复杂的掌声中，他再次走过讲台，走到我身边，像个胜利的将军凯旋。

我看见沈红海来到他自己的座位上，他单膝跪在凳子上，对我伸出右手，说："钱。"

我极不情愿地从口袋里掏出20块钱给他。

没过多久，沈红海就被开除了。他被开除不是因为他抱了蒋妍，因为当蒋妍哭哭啼啼地把这事反映给班主任后，班主任对沈红海做了极其严肃的教育，最后还辅之以拳脚。蒋妍的爸爸是县教育局局长。这个面子，班主任还是该给他的。

几年之后，沈红海向我牛逼哄哄地讲述当时的情景。他说，当时挨了那几拳几脚之后，他依然是嘻嘻哈哈，没往心里放。实际上，作为县教育局局长的蒋妍父亲如果真的插手此事，那么沈红海极有可能会不得不中止学业。蒋妍父亲对沈红海的宽宏大量完全出乎我的意料，以至在以后很长的一段时间里，成了我孜孜不倦求解的难题。

促成他被开除的原因，并不是此事。而是后来他的行为越来越大胆。他频频利用自己的勇气和我们打赌，以至到后来全班同学没有敢和他赌的。我记得有次他和苏胖子赌他敢不敢亲英语老师。苏胖子说："我不敢。你也不敢。"然后，我看见苏胖子掏出20块钱放到桌子上，他对沈红海说："你要敢，这钱是你的。"

沈红海看了看桌上的20块钱，不动声色地说："太少了。再加点。50。"

这次打赌的直接结果就是沈红海在下课后以问问题的名义拦住了英语老师，然后在她那张俏丽的脸上，飞快地亲了一下。就是这件事直接导致了他的开除。

那段时间，我每次回家，我母亲总是对我说："狗子，千万别学沈红海，他是一个小流氓，他这辈子算是毁了。"我母亲对我说："我打小就看出这孩子没出息。"我母亲说："你以后不许和他来往。"

沈红海发财之后，我给他打过电话，一个也没有打通。后来，终于接通了，我听到电话那头传来一个男人低沉的声音："喂。"

我兴奋地说："沈红海吗？我是王飞。"

接着我听到电话那头传来一个娇滴滴的声音："谁呀？"接着，我仿佛看到沈红海离开话筒，对那个女人说："一个同学。"然后，我又看到他拿过话筒："我现在忙着呢，一会儿打给你。"说完就挂了电话。

沈红海粗暴挂断电话的举动让我敏感的自尊心颇受伤害，我觉得他是有钱了，看不起老同学了。我一直从中午等到下午，从下午等到晚上，他再也没打来。

三天后，我正在钢厂里挥汗如雨，电话响起，我拿衣袖擦了擦汗，从兜里掏出手机，见是一个陌生号码，我按下了接听键。

"我是沈红海。"电话那头直截了当地说道。

"听说你在北京发了？"我开门见山。

"咳，听谁说的，瞎混。"他谦虚的语气中难掩炫耀，"你现在怎么样？"

"我在钢厂上班。"

"来北京吧，北京机会多。"他说，"你看，像我这样的人都发了财，你学历高，肯定能发一笔。"

于是，我就给厂里请了三天假，在一个阳光灿烂的上午，背着我那个破烂不已的包，离开了家，去了北京。去北京前，我给他通了个电话。他答应在车站接我。但当我到达车站，自己一个人在车站广场茫然无措时，却不见他的身影。我给他打电话，没人接听。我一直在广场上等到很晚，一直到太阳落下去，一直到大街上所有的灯都亮起来，一直到凌晨，我的朋友还是没来。

我在车站附近的一个地下室旅馆住下来，我想，我不能白来一趟北京，或许沈红海正在忙，把接我这茬儿给忘了，他是我的好朋友，我得体谅他。

我在小旅馆里住了三天，三天里我给他打了无数个电话，电话里传来无数次忙音。三天里，我每天在北京的大街上转来转去，期待沈红海的突然降临。我仿佛看到他正开着自己心爱的汽车，里面载着一个摩登女郎，他穿着西装，打着领带，人模狗样的，然后他在车里把车窗摇下来，对我微笑，向我挥手，然后，他会把车门打开，走出车门，向我寒暄，给我递烟。但我什么也没等到。

就在我对沈红海失去信心，对北京失去信心，对自己失去信心之时，我意外地遇到了苏胖子。当时是夜里10点多，我在王府井附近漫无目的地溜达，接着我看到一个油头粉面的男人，从一个小酒馆里走出来，一个摩登女郎搀扶着他。他醉眼迷离地看着那个摩登女郎，右手在那个女郎的奶子上狠狠地抓了一把，女郎也不恼。我就这样一直看着他们。我看见他们朝我走来，我看到那个男人走到我身边，见到我，愣了下，然后我就听见他口齿不清地说道：“王飞？”

“苏胖子？”我有点儿不太相信自己的眼睛，“你怎么在这儿？”

“说来……话长。上车……我带你……去我家，好好聊聊咱。咱……好久没见了吧。”他嘴里依然嘟嘟囔囔，像刚拔完牙含着药棉。

就这样，在这个夜晚，我坐上苏胖子的奥迪车，跟着他，还有那个摩登女郎回了家。沈红海有没有发我不知道，但我知道，苏胖子是真的发了。

后来，我听苏胖子说，沈红海确实在北京，沈红海确实挣了不少钱，但他都是投机，而且很多都是不法生意，公安局都在到处找他。然后在他的豪华寓所里，我向他讲述我在北京车站联系不到沈红海的事，苏胖子叹了口气，说道：“他可能已经进去了。我好久没跟他联系了。”

没过几天，我就回了家，我又回到了县城的钢厂，我又在车间里挥汗如雨了，我又能跟钢厂的朋友说着各种荤段子了，我又骑着我的破烂摩托车行驶在钢厂和家之间。我回到家，和我的父母一起吃饭，然后，一起看电视。我母亲还是老在我耳边唠叨着：“沈红海就是不简单，……沈红海从小胆子就大……狗子,你要好好跟人家学习……狗子,你也不能老在钢厂里上班……狗子，这样没有女孩子愿意跟你。狗子……”当然，我在北京的所见所闻对他们只字不提。

没过多久，沈红海进局子的消息就像早晨的大雾一样，迅速地在村子里弥漫起来。我还是那样，在钢厂车间里挥汗如雨，跟钢厂的朋友说着各种各样的荤段子，骑着我的破烂的摩托车回家，跟父母一起吃饭，看电视，我母亲还是老在我耳边唠叨着：“我早就看出来了，沈红海要走到这一步……这孩子从小就不正经……狗子，咱可不能跟他学……狗子，做人要老老实实的……狗子，你就在钢厂里好好上班吧……狗子……”